近代稀见旧版文献再造丛书

民国紅學要籍汇刊

（影印本）

王振良 编

第十卷

吴克岐 犬窝谭红（下卷）

南開大學出版社

目录

紅樓夢正誤補卷三

盱眙吳克岐軒丞述

第四十一回。「寶哥哥品茶櫳翠庵。劉老老醉臥怡紅院。」殘鈔本作「櫳翠庵品茶煎雪水。怡紅院醉酒臥天宮。」宜從。

「有木頭杯取個來。我便失手掉了地下。也無礙。」戚本「無礙」作「打不了。」宜從。

「橫豎這酒蜜水似的。多吃點子也無妨。」戚本「多吃」句作「多嗑點子也不怕」宜從。

「不如把我們那裏的黃楊根子整空的十個大套杯拿來」。戚本「整空」作「整摳」宜從。是北語。

「賈母笑道。把茄鯗夾些餵他」。鳳姐兒聽說依著夾些茄鯗」。戚本「茄鯗」均作「茄胙」。「夾」均作「揀」。「餵」作「喂」宜從。

「你把纔下來的茄子。把皮刨了。只要淨肉。切成碎釘子。用雞油炸了。再用雞肉脯子合香菌新筍蘑菰五香豆腐乾子。各色乾果子都切成釘兒雞湯煮乾。將香油一收。外加糟油一拌。盛在磁罐子裏封嚴。要吃時。拿出來。用炒的雞爪子一拌就是了。加了許多雜物。如何還有茄子香味。高氏窮措大最喜此等異味。故將此段大改特改。如謂余厚誣高氏。請閱後四十回補本。當知余言之不妄。戚本作「你把四五月裏的新茄包兒摘下來。把皮和穰子去盡。只要淨肉。切成頭髮細的絲兒晒乾了。拏一隻肥母雞。靠出老湯來。把這茄子絲上蒸籠蒸的雞湯入了味。再拏出來晒乾。如此九蒸九晒。必定晒乾了。盛在磁罐子裏封嚴了。要吃時。拏出一碟子來。用炒的雞瓜子一拌。就是了。「曹氏茄胙」製法。謹用九隻肥雞湯蒸晒。極為簡單。願知味者試仿為之。以較高民茄鲞何如。（千來來來隻雞、原是劉嫗妄語。）

「只見一個婆子走來。請問賈母說。姑娘們都到藕香榭了。」戚本「姑娘」作「女孩子」，宜從。是婆子稱女伶口氣。

「笙笛並發。」戚本作「笙簧並發。」

「薛姨媽只揀了一塊糕。賈母揀了一個捲子。只嘗了一嘗。」戚本無「一塊糕賈母揀了」七字。宜從。上文明言「賈母不喜歡捲子」也。

「賈母笑道。你家去。我送你一磁罎子。你先趁熱吃這個罷。」戚本「家去」作「等你家去時」，宜從。

「當下賈母吃過了茶。又帶了劉老老至櫳翠庵來。」戚本「吃過了茶」作「吃畢」。宜從。此指「吃點心」而未記。

「裏面放一個成窯五彩小蓋鐘。」戚本「五彩」下有「泥金」二字。宜從。

「然後眾人一色的官窯脫胎填白蓋碗。」戚本「官窯脫胎填白」作「瓜皮青描金羽官窯新磁」。宜從。

「二人（指釵黛）都笑道。你（指寶玉）又趕了來撤茶吃。」戚本「撤茶吃」作「作什麼。」宜從

「杯」上鐫著𤫩瓟斝三個隸字。」戚本「瓟」作「𤬁。」

也」有三個垂珠篆字。鐫著點犀盉。」戚本「點犀」作「杏犀。」

「遂又尋出一隻九曲十環一環二十節蟠虬整雕竹根一個大盞出來。」戚本作「遂又尋出一隻九曲十八環一百二十節蟠虬整雕的湘妃竹

根的一個大海來。、「宜從。一「環」不全有「一百二十節」之多。「海」則與後文合也。

「共」得了那一鬼臉青的花甕一甕。「戚本「花甕」作「花磁甕」宜從。

王夫人「命一個小丫頭放下簾子來。人命搥著腿。分付他。老太太那裏有信。你就叫我。」戚本「又命」四句。作「又命他搥着腿吩咐人道。老太太那邊醒了。你們就來叫我。」宜從。既命「他搥腿」即不

能分身管「老太太那邊事也

「劉老老覺得腹內一陣亂響。忙的拉著一個丫頭。要了兩張紙。就解衣。大便解衣而不脫褲。真是醉漢。戲本「就解衣」作「就解中衣」。宜從。

「只見一個老婆子也從外面迎了他進來。劉老老咤異。心中恍惚。莫非是他親家母。因連忙問道。你想是見我這幾日沒家去。虧你找我來。那位姑娘帶你進來。又見他戴著滿頭花。劉老老笑道。你好沒見世面。見這園裏的花好。你就沒死活戴了一頭。說著那老婆子只是笑。也不答言」戚本「心中」十三句作「忙問道。親家母。你想是見我這幾日沒家去。你找我來了。那一位姑娘帶你進來的。只見他親家母。只是笑不答言。劉姥姥笑道。你好沒見世面。這園子裏的花好。你就沒死活帶了一頭。他親家母也不答應」殘鈔本「幾日」作「兩日」。均直從。劉到府僅「兩日」。不能說義曰」也。

第四十二回。「蘅蕪君蘭言解疑。癖瀟湘子雅謔補餘音」。殘鈔本作「薛蘅蕪蘭言解疑。癖林瀟湘雅謔補餘音」。較強截「妃」字為妥。午厂本作「賺疑人寶姐進蘭言。繪園圖顰兒滋雅謔」。

「且說劉老老帶著板兒」。殘鈔本「且說」下有「次日」二字。宜從。「與鳳姐兒高興」語相合。

「老太太也被風吹病了。睡著不舒服」。戚本「不舒服」作「說不好過呢」宜從。

「已經道擾了幾日了。」戚本「道擾」作「蹭擾。」宜從。

「放下一個小枕頭。便命人請。」戚本作「放下一套書。便命人出去請大夫」宜從。

「老太太從不穿人家做的。收著也可惜」戚本「收著的。」作「收著也是白收著」宜從。

寶釵笑道。你還妝憨兒。昨兒行酒令。你說的是什麼」殘鈔本「昨兒」作「前兒」宜從。今日是二十七日。、說酒令」是二十五日。確是「前兒。」

「寶釵笑道。世上的話。到了鳳丫頭嘴裏。也就盡了。幸而鳳丫頭不認得字。不大通。」殘鈔本「鳳丫頭」均作「鳳姐姐。」「不認得字」作「不識多字。」極是。寶釵對鳳姐無稱「丫頭」之理。鳳姐亦非「不認得字」之人。

「這園子蓋纔蓋了一年。如今要畫。自然得二年的工夫呢。」殘鈔本作「這園子蓋的時工夫。雖不足一年。如今要畫。却要一年工夫呢。」直從園工不過半年有餘。又「可不得二年的工夫。」作「可不要一年的工夫呢。」本直從。

「寶玉道。家裏有雪浪紙。……那雪浪紙。」戚本「雪浪紙」均作「薛濤紙。」

「頭號排筆四支。三號排筆四支。二號排筆四支。」戚本作「頭號挑筆四枝。二號挑筆四枝。三號挑筆四枝。」後文「支」均作枝。

銀（花青八兩）粉四匣。臙脂十帖。大赤飛金二百帖。青金二百帖。」戚本作「廣花八兩。蛤粉四匣。胭脂大張。大赤飛金二百張。魚子金二百張。青金二百張。」

「三寸粗白碟子二十個。」戚本無「粗白」二字。

「寶釵原是和他頑的。忽聽他又拉扯上前番說他胡看雜書的話。」殘鈔本「前番」作「剛纔」。甚是。說「胡看雜書。」寶本日事。

「賈母原没有大病。不過是勞乏了。著了些些涼。溫存了一日。又吃了一兩劑藥。發散了發散。至晚也就好了。戚本無「兩」字。「發散」均作「疎散」。極是。小病一「日」。無服「兩劑藥」之必要。「此」與上文「王大夫煎一劑吃」亦相應。

第四十三回「閒取樂偶攢金慶壽不了情暫撮土為香」。下句非事實。殘鈔本作「急盡情且借水通誠」。宜從。

「不是什麼大病。請醫生吃了兩劑藥。也就好了。」

戚本無「兩劑」二字。宜從。

賈母道。方纔你們送來的野雞崽子湯。」戚本「野雞」作「鵪鶉」。

「大家湊分子。多少儘著這錢去辦。」你道好不好。」戚本「好不好」作「好頑不好頑」。

「老太太身上已有兩分呢。這會子又替大嫂子出十六兩。」戚本「十六」作「十二」。極是。與上文「李紈每人十二兩」語相合。

「鴛鴦答應著。去不多時帶了平兒襲人彩霞等。」殘鈔本「帶了」句。作「帶了彩雲平兒襲人等。」極是。與後文「尤氏追還鴛平雲分子。」及三十九回「李紈等鴛雲平襲。」並「論」相應合。

鳳姐道。「你怕操心你這會子就回老太太去。再派一個就是了。」戚本「一個」作「別人辦。」宜從。

尤氏道。「我勸你收著些好。太滿了就出來了。」戚本「就出來了」作「就潑出來了。」宜從。

周趙「二人聽說。千恩萬謝的收了。」戚本此句下。
有於「是尤氏一逕出來。坐車回家。不在話下。」結
來尤氏收分子。自不可少。
「摸了一摸。竟」有雨星兒沈速。」戚本作「摸了摸。竟有
雨星兒沈素香。」
茗烟道。」我想來二爺不止用這個呢。只怕還要
用別的。這也不是事。如今我們就往前再走二里地。就
是水仙菴了。」戚本無「這也不是事。」直從。

你「在陰間〇保佑二爺〇來生也變個女孩兒和你們一處頑耍〇豈不兩下都有趣了〇」戚本「和你」二句〇作「和你們一處相伴〇再不可又托生這鬚眉濁物了〇」宜從〇

第四十四回〇「變生不測鳳姐潑醋〇喜出望外平兒理妝〇殘鈔本作「變起房中鳳姐潑醋〇喜出意外平兒理妝〇」宜從〇

尤氏「笑道〇一年到頭難爲你孝順老太太太太

和我。我我今兒沒什麼疼你的親自斟酒我的乖

乖。你在我手裏吃一口罷」戚尤本氏對鳳姐竟如此」

稱呼。寶堪詫異。戚本「親自」三句。作「親自斟杯酒。

你乖乖乖兒的在我手裏嗑一口」。媽宜從。似此錯誤。

真以是差以毫釐。謬以千里。

「趁著儘力灌兩鍾罷」。戚本「灌」作「灌去」。宜從。

「丫頭便說道。二爺也」。是纔來。來了就開箱子。拏

了兩塊銀子。還有兩支筆子。兩錠錁子。」戚清本天白本

爺眼睜着「兩足緞子」豈不怕人看見。賈璉未必竟是傻瓜。戚本「二爺」五句。作「二爺也是纔來房裏。的睡了一會。醒了。打發人來瞧瞧奶奶。說纔坐席。還得好一會纔來呢。二爺就開了箱子。拿了兩塊銀子。還有兩根簪子」宜從璉兒安詳周密。的是偷香老手。

「正鬧的不開交」殘鈔本作「那鮑二家的趁着鬧的不開交。一溜烟跑了」故走鮑二家的是應有之事。

「原来平兒早被李紈拉入李觀園去了。平兒哭的哽噎難言。寶釵勸道。你是個明白人。你們奶奶素日何等待你。今兒他不過多吃了一口酒。他可不拿你出氣。難道拿別人出氣不成。別人又笑話他他是假的了。」戚殘鈔本「李紈」下。有「寶釵等」三字。戚本「別人」句。作「別人又笑話他吃醉了。你只管這會子委屈素日你的好處。豈不都是假的了。」均宜從。

「又見襲人特特的開了箱子。拿出兩件不大穿的衣服。「忙來洗了臉。」戚本「衣服」下有「來」字。「忙來洗了臉」作「與他換。便連忙脫下自己的衣服。忙去洗了臉」。宜從。

「這是紫茉莉花種。研碎了。對上料製的……且能潤澤。不像別的粉澁滯。」戚本「對上料」作「兌上香料」。「潤澤」下有「肌膚」二字。「澁滯」上有「青重」二字。

宜從。
然後看見臙脂也不是一張……那市上賣的
臙脂。不干淨。……淘澄淨了。配上花露。蒸成的。
只要那簪子挑一點兒。抹在唇上。就殼了。用一
點水化開。抹在手心裏。就殼拍臉的了。平兒依言
妝扮。戚本作「隨後看見胭脂也不是成張的」那
市賣的胭脂都不乾淨。「淘澄淨了渣滓。配了花
露蒸疊成的。只用細簪子挑一點兒。抹在手心

裏。用一點水化開。抹在唇上。手心裏剩的。就彀打頰腮了。平兒依言粉飾」。宜從。一點兩用。一點一用。胭脂之優劣判矣。非日侍妝臺者不解。

「忽見李紈打發來了頭來。他（指平兒）方忙忙的去了」。殘鈔本他方」作他方忙忙的換好衣服去了。宜從。

「賈璉聽說。爬起來。便與鳳姐作了一個揖。笑道。原是我的不是。二奶奶別生氣了。滿屋裏的人都笑了。戚本「便與」作「便」。「向別生氣了」作「饒過我罷」直從。我亦欲笑。

「賈璉見了平兒越發顧不得了。所謂妻不如妾。聽賈璉此一說。便趕上來說道。姑娘昨日受了屈了」戚本無「所謂」六字。無「此」作「委屈宜從。畫蛇添足。不值一笑。

「賈璉生恐有變。又命人去和王子騰說了。將衙役仵作人等叫幾名來。幫著辦喪事」殘鈔本「王子騰」作「刑部」宜從。此時「王子騰」不在京也。

第四十五回。鳳姐因見」。房中無人。便拉平兒笑道。我昨兒多吃了一口酒。你別埋怨」。戚本「多吃了一口酒」作「灌喪醉了。」宜從。

第四十五回。「我樂得去吃一個河涸海乾。我還不知道呢。」戚本「河涸」作「河落」。「還」下有「通」字。宜從。

「竟不是為詩為畫來找我。我竟是為平兒報仇來了。」我竟不知道平兒有你這一位仗腰子的人。

可知就有鬼拉著我的和。我也不敢打他了。」感本作「竟不是為詩為畫來找我的。這臉子。竟」是為給平兒來報仇的。我竟不承望平兒有你這麼一位仗腰子的人。早知道有鬼拉著我的手打他。我也不打了。」宜從。

「非兒」奶奶又打發彩哥賞東西。我樣子在門上朝上磕了頭」了。」殘鈔本無此三句。宜從「彩哥」不知何人。不如刪去為宜。

「鳳姐兒道。前兒我的生日。……既這樣。明兒叫了他來。打他四十棍。」殘鈔本「前兒」作「昨兒」。「明兒」二字。無。宜從。「鳳姐生日」的是「昨日」。斥責奴僕。隨時可辨。何必待至「明日」。

「黛玉每歲至春分秋分之後。必犯舊疾。……每年間鬧一春一夏。」殘鈔本「必犯」下有「嗽疾」二字。「一夏」作「一秋」。與「春分秋分」語合。宜從。

寶釵道。「依我說。先以平肝養胃為要。」戚本「養胃」

作「健胃。」

「我母親去世的時候。又無姐妹兄弟。我長了今年十四歲。」殘鈔戚本「時候」作「早」。「十四」作「十五」。殘鈔本作「十三。」按是年寶玉十四歲。據第三回寶玉比黛玉大一歲。則是年黛玉確是「十三歲」矣。

「因見老太太多疼了寶玉鳳姐姐兩個。」殘鈔本「寶玉」作「寶哥哥。」宜從

「況我又不是正經主子。」戚本「不是」下有「他們這

裏」四字。宜從。

吃穿用度。一草一木。戚本「一木」作「一紙」。宜從。

黛玉無需於「木」也。

「我明日家去。和媽媽說了。只怕燕窩我們家裏還有」殘鈔本無「明日」二字。宜從。當晚即送來。非明日」也。

「淚燭搖搖爇短檠」。戚本「爇」作「炮」。

「只見寶玉頭上戴著大箬笠」。戚本「箬笠」作「斗笠」。

「宜從」與下文一律。

「上頭怕雨。底下這鞋襪子是不怕雨的。倒也乾淨。」底本「底下」二句。作「底下不怕雨。鞋襪子也倒乾淨。」宜從。

「上頭這頂兒」是活的。冬天下雪。戴上帽子。就把竹花子抽了去。摘下頂子來。只剩了這個圈子。下雪時。男女都戴得。」底本「冬天」六句。作「冬天下雪時。」宜從。敘述不明。不如不敘。

「黛玉道。我要歇了。你請去罷」戚本「我要」二句。作「這會子夜深了。我也要歇著。你且請回去」宜從。與下文「寶玉看表」相應。

「是羊角的。不怕雨」戚本「羊角」作「明瓦」宜從。

第四十六回。「鴛鴦女誓絕鴛鴦偶」殘鈔本「偶」作「儔」。與上句平仄叶。可從。

「老太太離了鴛鴦。飯也吃不下去的。那裏就捨得了」戚本「那裏」句。作「那裏肯。」是決斷語。宜從。

「放在屋裏。耽誤了人家」戚本「耽誤」上有「沒的」二字。宜從。

「太太聽聽。很歡喜咱們老爺麽。這會子迴避還恐迴避不及。反倒等草根兒截老虎的鼻子眼兒去了。」戚本「聽聽」作「聽這話」。「草根」作「草棍」。無「了」字。宜從。

「老爺如今上了年紀。行事未免有點兒背晦」戚本「行事」句。作「行事不妥」。宜從。如此放肆。鳳姐何赦。也有叫你去的理。」戚本作「也沒有叫你去要的理」宜從。脫落「沒」字「要」字。文理不通。

「鳳姐知道邢夫人稟性愚弱，只知承順賈赦以自保，次則婪取財貨為自得。家人一應大小事務俱由賈赦擺佈。凡出入銀錢事一經他手，便尅扣異常。」戚本「愚弱」作「愚拙」。「次則」二字無。「家人」作「家下」。「銀銀事」作「銀錢」。「尅扣」作「尅嗇」宜從。

他「自然不言語○就要了○」戚本「要作答○」宜從○與下文「自然就要祗應○

「卿夫人保不佳道○我」吩吃了早飯就來……鳳姐道○「我吩咐他們炸了○鷄鵝原要趕太太早飯上送過來○」

戚本「早飯」均作「晚飯」○與一、「不早不晚」語合○宜從」

「保不住他願意○」戚本作「管不嚴他就願意○」宜從」

「我看看○你做的花兒越發好了○」戚本「看看」作「瞧瞧」○「做的」作「揑的」○宜從○是北語○

「若是不依。白討沒趣兒」戚本「沒趣兒」作「個燥」宜從。是北語。

「平兒道你既不願意我教你個法兒。鴛鴦道。什麼法兒」戚本「我教」句。作「我教給你個法兒」不用費事就完了。」「什麼呢。」作「什麼法子。你說來我聽聽」宜從。

「鴛鴦道這個倡婦。專管是個六國販駱駝的」戚本「六國」作「九國」。

襲人平兒笑說。因甚麼忙。我們這裏猜謎兒呢。等猜了這個再去」戚本「因甚」作「什麼事。這樣忙」「我們」句下。有贏瓜子打呢。宜從。

鴛鴦指著罵道。你忙快夾著你那口嘴離了這裏。好多著呢。什麼好話。又是什麼喜事。戚本「口嘴」作「油嘴」。「什麼」二句。作「什麼好話。宋徽宗的鷹。趙子昂的馬。都是好話。什麼喜事。狀元痘兒灌的漿兒又滿。是喜事」宜從。

他嫂子道。「不犯着拉三扯四的。……襲人平兒說道。……你倒別拉三扯四的。你聽見那位太太太爺們。封了我們做小老婆」戚本「拉三扯四」均作「牽三掛四」。「太爺」作「老爺」。「小老婆」作「姨娘」。宜從。

「服侍老太太歸了西。我也不跟著我老子娘哥哥去。或是尋死。或是剪了頭髮當姑子去。若說我不是真心。暫且拿話支吾。這不是天地鬼神。日頭月亮照著桌子。裏頭長疔。戚本「服侍」句上。有「若有造化。我死在老太太之先。若沒造化。該討吃的命。」又「這」下「也」三句。作「日後再圖別的。天地鬼神。日頭月亮照著膝子。從膝子裏頭長疔爛了出來。爛化成奬醬」。殘鈔本同。惟「尋死」句。在「剪髮」後。甚是。蓋鴛鴦意尚有待。非至不得已時不死也。「一面回手打開頭髮就剪。」殘鈔本「回手」作「左手」。「就剪」作「右手就絞」。宜從。

「賈母聽了氣的渾身打戰」戚本「打戰」作「亂顫」。宜從。

「也有大伯子的事。小嬸子如何知道」戚本「也有」句。作「大伯子要收屋裏人。小嬸子如何知道」宜從。第四十七回「你們如今也是兒子孫子滿眼了。你還怕他使性子。我聞得你還由著你老爺的那性兒鬧。」戚本，「你還」二句。作「你還怕他。勸兩句都使不得。還由著你老爺那性兒鬧」宜從。與下

「勸過幾次」語相應。

你老人家怕走。我背了你老人家去。」咸本「怕走」[走]

作「嫌之」。宜從。

賈母笑道。咱們鬥牌罷。……叫鴛鴦來。叫他在

這下手裏坐[着]。姨太太[的]眼花了。咱們兩個的牌。都

叫他看著些兒。……一時鴛鴦來了。便坐在賈

母下手。鴛鴦之下。便是鳳姐。……鴛鴦見賈母

牌已十成。只等一張二餅。便遞[了]暗號兒與鳳姐。」

殘鈔本「鴛鴦之下」句下。作「便是薛姨媽鳳姐王夫人。」「暗號兒」作「眼色」。極是。賈母薛姨媽之牌。既叫鴛鴦看著些。則鴛鴦必坐於兩人之間。方可作左右顧。且鳳姐若果在鴛鴦之下。則賈母等張。鴛鴦只須手脚微示其意。無待遞眼色也。」也。若謂鳳姐在王夫人之下。則與賈母比肩。可以目覷賈母之牌。更無須鴛鴦之遞眼色矣。「這是自己發的。也怨不得人了。」戚本「也怨」句。作

「可理悲誰」宜從。

「我不是小氣愛贏錢」戚本「小氣」作「小器」。下文均同，宜從。

「賈璉不防，便沒躲過。……鳳姐扶起身說，我也恍惚看見有一個人影兒」，戚本「躲過」作「躲伶俐」。

「我也」句下有「等我瞧瞧去」，宜從。

「賈母道，我進了這門子……連頭帶尾五十四年」。殘鈔本「五十四年」作「五十九年」。按是年賈母七十八歲。上溯五十四年。年二十五歲。似已愆嫁期。若五十九年。則年僅二十一歲矣。宜從「邢夫人道。我把你這沒孝心的種子。人家還替老子死呢。」罵賈璉。戚本「沒孝心的」下。有「雷打的下流」五字。宜從。

「此一二日間無話。」與上下文不合。殘鈔本作「連日無話。」宜從。

湘蓮道。我們幾個人放鷹去。離他「秦鐘墳上還有二里。……瞧了一瞧。罷又動了一點子」。戚本「還有二里」作「不遠」。「罷」作「果然」。宜從。

「柳湘蓮冷笑道。我的心事。等到跟前你自然知道」。戚本「我的」下有「你不知道」四字。

「剛至大門前」。殘鈔本「大門」作「大廳」。極是。

「薛蟠只顧望遠處瞧。不曾留心近處」。戚本「不曾」句下。有「反踊過去了」五字。宜從。

「湘蓮又笑又恨他」。戚本作「湘湘蓮又是笑。又是恨」。

宜從。

「只聽鏜的一聲。背後好似鐵鎚砸下來。」戚本「背後」句作「頭後似鐵槌亂下來一般。」宜從。

湘蓮道。「知道是個不慣捱打的。」戚本作「知他是個本家不大慣捱打的。」宜從。

「用拳頭向他身上擂了幾下。薛蟠便亂滾亂叫。」殘鈔本「用拳」句下有「輕輕」二字。宜從。

薛蟠道。「這水實在骯髒。怎麼吃得下去。」……湘蓮」道。好說辭東西。你快吃完了饒你。」戚本「這水」
二句。作「這水辭的狠。怎麼嚥得下去。」「好說」二句作
「好辭東西」完」作「乾淨。」宜從。
第四十八回。「濫情人情誤思游藝。」殘鈔本「思游
藝」作「遠服賈。」與「苦吟詩」上好作「對。」宜從。
話說薛蟠聽見如此說了。氣方漸平。」戚本「如此
說了」作「柳湘蓮逃走。」宜從。
內」有一個張德輝。」戚本此句下有「年過六十」四字。

與下文「自幼」及「有年紀」語相應。

「明年先打發大小兒上來」殘鈔本「明年」作「明春」。與上文「明春方來」語相合。

「和張德輝進一年來」。殘鈔本「一年」作「些時回」。上文既云「一年半載」，此又云「一年來」，雖薛蟠出門確有一年。然未出門時，自宜作含混語為妙。

「況且那張德輝又是個有年紀的」戚本「有年紀」作「年高有德」宜從。

「至十四日一早。薛姨媽寶釵等。直同薛蟠出了儀門。母女兩個四隻眼。看他去了。方回來」。殘鈔本「等」作「香菱」。「直」同作「同」。「送」。「母女」二句。作「三個人六隻眼。看看他去的遠了」。「直從。

「寶釵道。媽媽既有這些人作伴。不如叫香菱姐姐和我作伴去。咸本「媽媽」作「媽」。殘鈔本無「姐姐」二字。甚是。香菱雖與寶釵同年。而寶釵是正月生日。香菱未必大過寶釵。且兄妾亦無呼「姐姐」之理也。「所以趁着機會越發住上一年」殘鈔本作「趁着這機會。率性住他一年半載」薛蟠十月出門。明年九月回來。雖有一年。而事先總宜作活動語爲是。「知道添了他兩個。」謂香菱與其婢臻兒也。他本多刪去「兩個」二字。大誤。「誤了不到十年。生了多少事出來」殘鈔本「十年」

作七「年」。致賈雨村是「己」正月入賈府，至辛亥十月，確是「不到七年」。

「老爺問着二爺說人家怎麽弄了來」，戚本「老爺」下，有「拿着扇子」四字，宜從。

我們聽見姨太太這裏有一種藥，敷捧瘡的「姑娘尋一丸給我吃」，戚本有「一種藥」作「有種丸藥」，「敷」作「上」。「姑娘」，作「姑娘快尋一丸子給我家去給他上」，宜從。

「原來這些規矩。竟是沒事的。」戚本作「原來這些格調規矩。竟是末事。」「是」宜從。與下「詞句末事」應。

「一日。黛玉方梳洗了。」殘鈔本「一日」作「次日」。是薛蟠出門之次日也。

「黛玉道。可領略了些。沒有。香菱笑道。我倒領略了些。」戚本「了些」下均有「滋味」二字。宜從。

「那日下晚。便挽住船。」戚本作「那日下晚。灣住船。」宜從。

「香菱又逼着換出杜律」。殘鈔本「逼着」下。有「黛玉」二字。宜從。

「做了一首。先與寶釵看。寶釵看了笑道。」戚本「先與」下。作「先與寶釵看。寶釵看了笑道。」宜從。

「月到中天夜色寒。……野客添愁不忍觀。」戚本「月到」作「月掛」。「野客」作「旅客」。「不忍」作「不耐」。

「寶釵笑道。這個人定是瘋了。……歎了一日。做了一首。」戚本「定是」作「定要」。「一日」作「半日」。宜從。

「你看句句倒是月色。」戚本無「倒」字。宜從。

「再還幾天就好了。」戚本「還」作「遲」。宜從。

「便自己走至階下竹前。挖心搜膽的。」戚本作「便自己走至階前竹下閒步。摳心搜膽」宜從。

「可真詩魔了。」戚本「可真」下有「是」字。宜從。

「李紈笑道。咱們拉了他往四姑娘房裏去。」戚本「姑娘」作「妹妹」。宜從。

「見畫上有幾個美人。因指香菱道。凡會作(做)詩的。

都畫在上頭。你快學罷」戚本「見畫」二句。作「香菱見畫兒上。有幾個美人。因指著笑道。這個是我們姑娘。那個是林姑娘。探春笑道」宜從。

「香菱滿心中正是想詩」殘鈔本無「中」字。「正是」作「還是」宜從。

「兩眼睜睜。……不知可做成了。……只見香菱從夢中笑道。……學不成詩。弄出病來呢」戚本「睜睜」作「鰥鰥」。「成了」下有「沒有」二字。「只見」作「只聽」

「弄出」上有「還」字。宜從。「忽於夢中得了八句。梳洗已畢。便忙寫出來。到沁香亭。」戚本「到沁香亭」作「自己不知好歹。便拏了又找黛玉來。剛至沁香亭。」宜從。

第四十九回。「琉璃世界白雪紅梅。脂粉嬌娃割腥羶。」殘鈔本作「李宮裁接鳳宴姊妹。史湘雲喫肉慕清高。」可從。

「還有一位姑娘。說是薛大姑娘的妹子。」殘鈔本作「還有兩位姑娘。一位說是薛大姑娘的妹子」。宜從」「兩位」中之一是岫烟不能不略述。「又有邢夫人的嫂子。帶了女兒岫烟進京」戚本「又有」句。作原來邢夫人之兄嫂」宜從。「因當年父親在京時。已將胞妹薛寶琴許配梅〔郎中〕翰林之子為〔媳〕。正欲進京發嫁」。戚本作「因當年他父親在京時。已將胞妹寶琴許給梅翰林的兒子為妻。現在父母俱亡。薛蝌意欲來京居住。

謀取機會。將來又好發嫁妹子。」宜從此時寶琴尚。幼非遣嫁之年。」

「明兒十六。咱們該起社了。」殘鈔本「明兒」作「今兒」。」宜從。與前後文「昨兒正日」語正合。

「果然王夫人已認了薛寶琴做乾女兒。賈母歡喜非常。不命往園中住。」戚本作「卻說賈母見了薛寶琴。甚是歡喜。便命王夫人認作乾女兒。因此歡喜非常。連園中也不命住。」

皆大半同年異月。連他們自己。也不能記清誰長誰幼。並賈母王夫人及家中婆子丫頭。也不能細細分清。不過是姊妹兄弟四個字隨便亂叫」。戚本「皆大」句作「或有這個同年。或有那五個共歲。或有這兩個同月同日。或有那兩個同刻同時。所差者大半是時刻月分而已」。殘鈔本「竝賈」二句作「賈母王夫人及家中婆子丫頭。更不能細細分別。「閒言少敘」在「隨便亂叫」句下。宜

從。
湘雲對寶琴說。老太太「這麼樣疼寶玉。也沒給他穿。……若太太不在屋裏。你別進去。那屋裏人多心壞。都是要咱們的」……寶釵道「我們這琴兒今兒你竟認他做親妹妹罷。殘鈔本「寶玉」作「二哥哥」戚本「要」作「要害」。「我們」二句。作「我們這琴兒就有些像你。（湘雲）你天天說。要我作親姐姐。我今兒竟叫你認他作親妹妹罷。宜從。

「越發顯得蜂腰猿背。鶴勢螳形。」讀者試閉目冥想。是美人。抑是怪物。殘鈔本作「越顯得婀娜中有剛健之態。與衆不同。」宜從。

寶玉「忙忙的爬拉完了。……」湘雲便和寶玉計較道。有新鹿肉。」戚本「爬拉」作「咽」。「便和」作「猜合。」「新」作「新鮮」。宜從。

「這麼大雪。怪冷的。快替我作詩去去罷。」戚本「快替」了。作「替我作禍呢。」宜從。

「說著又問你們今兒做什麽詩」至「預備著正月裏頭」一段與下回重複。殘鈔本删去甚是。

第五十回「凍浦不生潮」戚本「生」作「聞」。

「林枝怕動搖」戚本「林枝」作「枝柯」。

「林斧或聞樵」戚本「或聞」作「作停」。宜從。

「花緣經冷結」。戚本「結」作「聚」。

「寂寞封臺榭」。戚本「封臺」作「荒池」。

「清貧懷簞瓢」。戚本「懷簞」作「陋巷」。

「林竹醉堪調。」戚本「林」作「淋」。

「特凝翡翠趣」戚本「特」作「猶」。

李紈道。「我纔看見櫳翠菴的紅梅有趣。我要折一枝來插瓶。可厭妙玉為人。我不理他。如今罰你取一折來。插著頑兒。」末句蛇足。戚本「如今」二句。作「如今罰你去折一枝來。」「直從。」

「賦得紅梅花」戚本作「詠紅梅花」。三首同。

「酸心無恨亦成灰。」戚本「恨」作「限」。

「湘雲聽說，便拏了一支銅火箸，擊着手爐，笑道：我擊了。若鼓絕不成，是要罰的。」戚本「我擊了」作「我擊鼓了」。宜從。又「湘雲將手又敲了一下」作「湘雲忙催二鼓」。宜從。

賈母道：「抹了一會牌，想起你們來了。」戚本「牌」作「骨牌」。「想起」上有「忽然」二字。宜從。

薛姨媽道：「我聽得寶兒說，老太太心上不爽快。」戚本「寶兒」作「女兒」。殘鈔本作「寶丫頭」。「不爽快」作

「不大爽快」宜從。

「這纔是十月」是「頭場雪」戚本作「這纔是十月裏」。「頭場雪」宜從。

「觀音未有世家傳。打四書一句。……黛玉笑道。我猜罷。可是雖善無徵」戚本「我猜罷」作「哦」是了。

無「可」字宜從。

「後事終難挑」戚本作「事後終難繼」宜從。

「鏤檀鐫梓一層層」戚本「鐫」作「鍥」。

第五十一回。「薛小妹新編懷古詩。胡庸醫亂用虎狼藥」。戚本作「薛寶琴新編懷古詩。胡君庸亂用攻滯〔傷寒〕藥」。宜從。

「銅柱金城振紀綱」。戚本作「銅鑄金鏞振紀綱」。

「惹得紛紛口舌多」。戚本「惹得」作「惹出」。

「衰草殘花映淺池。桃枝桂葉總分離」。戚本「殘花」作「閒花」「桂葉」作「桃葉」。

「小紅骨賤一身輕」。戚本、「小紅骨賤最身輕」。

「個中誰拾畫嬋娟。……一別西風又一年。」戚本「誰拾」作「誰舍」。「西風」作「西方」。

平兒道「（咱們）十來件大紅衣裳映著大雪好不齊整。只有他穿著那幾件舊衣裳。」戚本「只有」句作「就只他穿著那件舊毡斗蓬」。宜從。

鳳姐道。「你們（素日）知道。那個大丫頭知好歹。派出來。在寶玉屋裏上夜」殘鈔本寶玉作「寶二爺」。（「那個」句作「那大丫頭們那兩個知好歹」）亦宜從。與下文「派了晴雯麝月」語相應。

「襲人之此業已停妝。一面著人往大觀園去。取他的鋪蓋粧奩。寶玉看著。晴雯麝月皆卸罷殘妝。脫換過裙襖。」戚本「停妝」作「理妝」。「寶玉看著」下有「晴雯麝月二人。打點妥當送去之後」宜從。極寫寶玉深情。愈見襲人薄情。

「麝月道。他這素難日為你想著。他素日又不要湯壺。咱們那熏籠上又和暖。比不得那屋裏炕冷。今兒可以不用。」「素日不要。何必置備。殘動本「他素」句作「他就（非）兒也沒用湯婆子」宜從與「令兒可不用」語相應。

「我這外邊沒個人。我怪怕你一夜也睡不著」咸本「我怪相你」作「怪怕的」宜從。

「然後纔向茶桶上取了茶碗。先用溫水過了」咸本「茶桶」作「茶瀼」。「過了」作「蕩了一蕩」。宜從。

「晴雯笑道。外頭有個鬼等著呢。」咸本「著」下有「你」字。宜增。

晴雯只擺手。隨後出了房門。只見月光如水。忽然一陣微風。只覺侵肌透骨。不禁毛骨悚然。……晴雯忙回身進來」。戚本「隨後出了房門」作「隨後去了。將出房門。」「只見」句。無「悚然」作「森然」。宜從。是晴並未出房門。」與下文麝月「我怎麼不見」七語相應。

「麝月道。你死不揀好日子。」戚本「死」上有「要」字。宜從增。

又」將火盆上銅罩揭起。笨灰鍬重將熱炭。埋了一埋。拈了兩塊速香於放上。仍舊罩了」戚本作「又將大火盆上銅罩揭開。笨灰鍬重將熱炭。埋了一埋。拈了兩塊素香來。放在大盆內。仍舊罩上」宜從。雖數字微有不同。而義意極異。

「麝月道。他早起就說不受用。一日天也沒吃碗正經飯。他這會子到不保養著些。還要捉弄人。」戚本「就說」作「就嚷」。「碗正經」三字。無。「到不」作「不謬」宜從。

李紈說。「沾染了別人事小。姑娘們的身子要緊」

怡紅院中之「姑娘們」是誰。此話我却不懂。戚本

「姑娘們的」作「二爺」。極是。

晴雯道。「我那裏就害瘟病了。生怕招了人。」戚本

「瘟」作「溫」。「招」作「過」。「瘟病」能「過人」。人知之。「溫病」能「過人」。人多不知也。

「你素昔又愛生氣。」戚本無「又」字。宜從。

「只見兩三個後門口的老婆子。帶了一個太醫進來。」錢鈔本「進來」上有「名叫胡居庸」五字。宜從。

「那裏「倒是」個大姐。那是個小姐的繡房。」戚本「那是」句。作「那裏是小姐。若是小姐的繡房」。宜從。

「快打發他去罷。再請一個熟的來罷。」戚本下句無「罷」字。宜從。

「須得給他一兩銀子。」戚本句下有「少了不好看」五字。與下文多給對照。宜從。

「我和你們就如秋天芸兒送我的那綠開的白海是的。我經不起的藥。你們如何經得起。比如人家墳裏的大楊樹。看著枝葉茂茂盛。都是空心子的。」戚本「我和」作「我和你們一比。我就如那野坟園子裏長的幾十年的大楊樹。」「是的」二字……此如三句。無宜從。

「那麽大樹。只一點兒葉子。沒一點風兒他也是亂響。」戚本作「那麽大體樹。葉子只一點子。沒一絲風。他也是亂響。」宜從。
「吃東西。受了冷氣。不好的。」殘鈔本作「吃些東西。
受了冷氣。不好」宜從。
「就便多費些事。小姑娘們受了冷氣。別的還可。
第一林妹妹。妹妹如何禁得起。」就連寶玉兄弟也
禁不住。」戚本「小姑」句作「姑娘們冷風朔氣的。」「玉」
字無。宜從。
第五十二回。「勇晴雯病補雀金裘。」殘鈔本「金」作

毛」。「雀毛裘」對「蝦鬚鐲」工巧極矣。
賈母道。「你既怎麽樣說出來便好了。」戚本作「你既怎麽說。更好了。」直從。
「二則眾人不服。」戚本「不服」作「不伏」。直從。
「實在他是真疼小姑子小叔子。」戚本「小叔子」在「小姑子」上。直從。
鳳姐道。「我活一千歲後。等老祖宗歸了西。我纔死呢。」賈母笑道。「眾人都死了。單剩咱們兩個老妖精。有什麽意思。」戚本「一千」下有「二百字。」「妖精」下有「似的」二字、宜從。「説的衆人都笑了。」戚本句下。有「且聽下回分解。」五十一回完。宜從。

「寶玉因記掛著晴雯等事。」戚本句上。有「話說衆人各自散後。寶釵姊妹等同賈母吃畢飯」作五十二回之首。「等事」二字無。宜從。

「那日彼時洗手時明不見了。」戚本無「彼時」二字。極是。

「總別和一個人提起。」戚本作「別和一個人說」宜從。

「麝月道。這小倡婦也見過些東西。怎麼這樣眼淺。」戚本「倡婦」作「蹄子」。「眼淺」作「眼皮子淺」。宜從。

「這件蝦鬚鐲。倒是這棵珠子重了。」戚本「重」作「還罷了。」「罷」是貴公子口吻。「重」是窮措大口吻。曹高之品格。可即此判其高下。八十回前後之文章。亦可即此定其優劣也。

「蛾眉倒蹙。」底本「蹙」作「竪」。宜從。

「寶玉便命麝月取鼻烟來，給他聞些。……裏面盛着些真正上等洋烟。」底本「鼻烟」作「平安散」。「聞」作「嗅」。「真正上等洋烟」作「秘製平安散」。宜從。

「了不得辣。」底本「辣」作「好辣」。宜從。

「將那藥烘爆了。」底本「烘爆」作「烤熱」。宜從。

「栽着一盆單瓣水仙。寶玉便極口讚道。」底本「寶玉」作「熨著宣石」宜從。

「黛玉道我一日藥罐子不離火，我竟是藥母培著呢。」戚本「罐」作「杯」，「火」作「口」，「培」作「養」，宜從。

「又」打趣我做什麼。戚「打趣」作「奚落」宜從。

「情緣自淺深。漢南春歷歷」戚本「自」作「有」，「漢」作「滿」。

麝月說。「二爺明兒一早往舅舅那裏去。」殘鈔本「舅舅」作「舅老爺」宜從。

「攆過這大箱去」戚本「這大箱」作「重籠」宜從。

「纔命秋紋等進來一同伏伺寶玉梳洗」。戚本「秋紋」下有「檀雲」二字。

「賈母使命鴛鴦來把那一件孔雀毛的氅衣給他罷……這叫做雀金泥」。戚本「孔雀毛」作「烏雲豹」。誤。「雀金泥」作「雀金呢」。宜從。

「前兒那件野鴨子的給了你小妹妹」。戚本「那」上有「把」字。「鴨子」下有「頭」字。極是。

「然後」又回至園中。與晴雯麝月看過。來回復賈母說。」戚本「來同」句。作「便同至賈母房中同說」宜從。

「只見寶玉的乳兄李貴王和榮張若錦趙亦華錢啟周瑞六個人。」戚本「乳兄」作「奶兄」。無「和」字。宜從。「亦」作「品」。

「老奶奶又囑付他們些話。六個人忙應了幾個是。」戚本「又囑付他們」作「又吩咐了他六個人」。宜從。

李貴王和榮籠着噙環」戚本「王和榮」作「和王榮」。宜從。

「老爺不在書房裏。天天鎖着。」戚本作「老爺不在家。書房天天鎖着」宜從。

「李貴等各上馬前引。一陣烟去了。」戚本作「李貴等都各上了馬。前引旁圍的一陣烟去了。」宜從。

「這必定是手爐裏的大迸上了」戚本「手爐」作「香爐」宜從。

使」用包袱包了。一個奶奶送去。」戚本「一個」上有「與」二字。宜從。

第五十三回。「寧國府除夕祭宗祠。榮國府元宵開夜宴。」殘鈔本「榮國府」作「史太君」。宜從。

「李紈之兄。又接了李嬸娘李紋李綺家去住幾日。」戚本「李紈之兄」作「李嬸娘之弟」。

「就是皇恩永遠四個大字。」戚本作「就是皇恩永錫四字。」宜從。

「榮國公賈源」。戚本「賈源」作「賈法」。
「野雞野猫各二百對。……榛松桃杏瓤各二
袋」。……「御田胭脂米二擔。……門下孝敬哥兒
頑意兒」。戚本「野猫」作「兔子」。「瓤」作「仁」。「御田」作「玉田」。
「哥兒」下有「姐兒」二字，宜從。
「賈珍命人拉起他來。笑說。你還硬朗」。戚本「你還」
句下。有「烏進孝回道。托爺的福。還走得動。賈珍
道。你兒子也大了。該叫他走走也罷了」。徐本刪

去此六句。則下文「他們」云云。不知何指矣。

「雖走了一個月零兩日。子有限」戚本作「走了一個月零兩天。只因日子有限了。」宜從。「只」原作「是」。是誤書。特改正。

「我兄弟離我那裏。只有一百多里。竟又大差了。

……今年也是這些東西。不過二三千兩銀子。」戚本「一百」作「八百」。「竟又」上有「誰知」二字。「也是」作「也」。「也」作「只」。「不過」上有「多」字。宜從。

「寳珍道。如何呢。我這邊倒可已。沒什麽外頭大事。不過是一年的費用。我若受用些。就費些。我受些委曲就省些。」底本「如何呢」作「正是呢」「外頭」作「別項」。「我若」四句。作「多呢。我受用些。少呢。我受些委屈。用些就費省些。」殘鈔本「我受用些」下。有「就費些」均宜釐。

「這一二年裏。賠了許多。……這二年。那一年不賠出幾千兩銀子來。……再二年再省一回親」

殘鈔本「一二年」作「三年」。「再二年」三字。無。宜從。「己酉正月」者。親此時是辛亥十二月。雖是整足「三年」。至「這二年」。乃指庚戌辛亥二年而言。故只云「年賠數千」也。

「寶珍笑道。那又是鳳姑娘的鬼」。殘鈔本「鳳姑娘」作「你二嬸娘」。宜從。

賈芹道。「我沒等人去就來了」。殘本「去」下有「呼」字。宜刪。

賈珍道。那二年你閒著。我也給過你的。……家廟裏管和尚道士們。……外有和尚等分例銀錢。……你又支吾我。你在家廟裏幹的事。……等過了年。我和你二叔說」。殘鈔本「那二年」作「前幾年」。戚本「和尚道士」作「尼姑道姑」。「和尚等」作「尼姑等」。戚本「你又」作「你還」。「二叔」上有「璉」字。均宜從。「人同北府王爺」。戚本「王爺」上有「水」字。宜從。「且說薛寶琴是初次進賈祠觀看。一面細細留神打諒這宗祠。殘鈔本無。極是。極是。以一譜屬葭莩之女子。入祠觀禮。已是奇聞。又嬌若游龍。不見首尾。百思不得其解。護花主人評曰。"宗祠聯扁殿宇。及行禮等事。若竟直敘。則作書者竝非賈氏宗支。不在與祭之列。何由得知其詳細。便為識者所笑。今借寶琴留神細看。一一鋪敘。文筆即有根底。膠柱之見。竟至如此。吾不知元妃省親。警蹕森嚴。作者又何以敘述綦詳耶。

「旁書特晉爵太傅前翰林掌院學士林[王]布獻書。……也是王太傅所書」。戚本作「旁書衍聖公」繼宗書。……也是衍聖公所書」。「賈蓉方退出去。歸入賈芹階位之首」。戚本「去」作「下階」「賈芹」二字。無。宜從。「當地放著象鼻三足泥鰍流金琺[金]瑯大火盆。」戚本「泥鰍流金」作「鰍沿流金」。「果然我們就不濟鳳了頭不成。」戚本「不濟」作「不及宜從。

「至曉閣前。尤氏等閃過屏風」戚本「閣前」下有「上了轎」三字。「屏風」下有「後面」二字。宜從。

「東邊設立著甯國公的儀仗執事樂器。把一條街都塞滿了」。戚本把「一」句作「西邊設立著榮國公的儀仗執事樂器」宜從。

「一面男一起。女一起」戚本「一面」上有「一面說著」宜從。

「或同寶玉寶釵等姊妹趕圍棋抹牌作戲。」戚本「寶釵」作「寶琴釵黛」。「牌」作「骨牌」。宜從。

「十一日。是賈赦請賈母等。次日賈珍又請賈母。」戚本無「等」字。「賈珍」句下有「皆去隨便領了半日」。宜從。

「又有八寸來長四五寸寬二三寸高點綴著山石小盆景。」戚本「點綴著山石」作「點著宣石佈滿青苔的」。宜從。

「放着舊窰十錦小茶杯」。戚本句下有「裏面泡着上等香茗」。宜從。

「又有紫檀雕嵌的大紗透繡花草詩字的瓔珞」。戚本作「一色皆是紫檀透雕嵌着大紅紗透繡花卉並草字詩詞的瓔珞。原來繡這瓔珞的也是個姑蘇的女子名喚慧娘。因他亦是書香宦門之家。他原精於書畫。不過偶然繡一兩件針線作耍。並非世賣之物。凡這屏上所繡之花卉皆做的是唐寮元各名家的折枝花卉。故其格式配色。皆從雅人來。非一味濃艷近工可比。每一枝花。側皆用古人題此花之舊句。或詩或歌不一。除用黑絨繡出草色詩來。且字跡分隔轉折輕重連斷。皆與筆寫無異。亦不比市繡字跡僵經。可恨他不伏此技獲利。所以天下雖知。得者甚少。凡世宦富貴之家。無此物者甚多。當今便稱爲慧繡。竟有市俗射利者。近日做其針跡。愚人。

獲利。偏這慧娘命夭。十八歲便死了。如今再不能得一件的了。所有之家。亦不過一兩件而已。皆惜若寶玩一般。更有那一干翰林文魔先生們。因深惜慧繡之佚。便說這繡字不能盡其妙。這樣針跡。只說一繡字。反似乎唐突了。便大家商議了。將繡字隱去。換了一個紋字。所以如今都稱為慧紋。若有一件真慧紋之物。價則無限。賈府之榮。也只有兩三件。上年將兩件已進了上。目下只剩這一副瓔珞。一共十六扇。賈母愛之如珍如寶。不入請客各色陳設之內。只留在自己這邊。高興擺酒時賞玩。此段太冗長。宜删節存之。

「又說。想我老了。骨頭疼。容我放肆些。歪著相陪罷。」戚本「又」說」作又向薛姨媽笑道。「容我」二句。作「放肆。容我歪著相陪罷。宜從。

「命寶琴湘雲黛玉寶玉四人坐著。每饌菓菜來。

……仍撤了放在席上。只算他四人跟著賈母
。坐」戚本「每饌」句。作「每一饋一菓來。」放在下。有「他
四人」四字。無「只」字。宜從。
「掛著聯三聚五玻璃彩穗燈。」戚本作「掛著一對
聯三聚五的玻璃芙蓉彩穗燈」。宜從。
「每席前豎著倒垂荷葉一柄。將柄上有彩燭插著。
這荷葉乃是洋𨫼琺瑯活信。可以扭轉向外。將
燈影逼著。照著看戲。分外真切。戚本作「每一席

前。豎一柄漆幹倒垂荷葉。葉上有獨信。插著彩燭。這荷葉乃是鏨琺瑯的活計。可以扭轉。如今皆將荷葉扭轉向外。將燈影逼住。全向外照。看戲分外真切」宜從。「獨信」或是「燭信」之誤。

「賈蓉賈芹賈芸賈菖賈菱等」戚本「賈菖賈菱」作「賈菱賈菖」。

「或有家內沒有人。」戚本作「或有家內無人。不便來的」宜從。

不過賈藍之母婁氏帶了賈藍來。殘鈔本賈藍均作賈菌。宜從與十二回鬧書房事相應。只有賈芹賈芸賈菖賈菱四個。現在鳳姐麾下辦事的來了。戚本賈萬無賈葛。麾作手。致賈芹管尼姑道婆是常事。賈芸栽種花樹為時較久。賈菖賈菱及賈萍勒石點石是臨時指派。見二十三回。最優者為賈薔管女伶。此次既缺賈薔。又無賈萍。是作者偶然遺漏。宜將賈薔首列。賈萍列在賈菖之上。方合情事。

第五十四回。史太君破陳腐舊套。王熙鳳效戲彩斑衣。」殘鈔本作「辨誑言賈母作彈詞。數貧嘴鳳姐說笑話。宜從。

「小廝們忙將一把新煖銀壺捧來。」戚本「新煖銀壺捧來」作「烏銀新煖壺遞過來。」宜從。

「那賈琮兄弟等。」戚本「賈琮」作「賈環」。宜從。

「子細天上吊下大紙來。燒著。」戚本無「紙」字。「燒著作「燒」了衣「服」宜從。

「只」有麝月秋紋幾個小丫頭隨著。……襲人……

……單支使小女孩兒出來。戚本「秋紋」下有「並」字。

殘鈔本「小女孩兒」作「別人」。均宜從。

「這會子也不在這裏。這些竟成了例了。」戚本「這

些」作「不成」。屬上句。皆因我們太寬了。有人使。不

查這些。宜從。

鳳姐道「所以我叫他不用來」。戚本句下有「只看

屋子。散了人齊全。我們這裏又不耽心。又可以全他的禮。「殘鈔本「散了」上有「寶兄弟」三字。均宜從。

「秋紋」道。寶玉在這裏呢。「殘鈔本「寶玉」作「寶二爺」。宜從。

「麝月等忙胡亂」蓋了盒蓋。跟上來。「戚本「蓋了」作「擲了。」宜從。來不及蓋也。

「我怕水冷。倒的是滾水。」戚本「倒的」上有「已」巳的」

三字。宜從。
「可巧見一個老婆來子。提著一壺滾水走來。」戚本
「可巧」的下有「一手端著茶杯」；殘鈔本「提著」上有
「一手」二字。均宜從。與下「泡茶」語相合。
「秋紋道：『憑他是誰的，你不給我管把老太太茶
吊子倒了洗手。』戚本無「管」字，「吊子」作「杌子」。宜從。」
「誰不知道是老太太的。要不着的就敢要了。」戚本
「太的」下有「水」字，「着的」下有「人」字，宜從。

「我這裏痛快了些」戚本作「我心裏痛快了好些」宜從。

「便是婁氏帶着賈藍」戚本「賈藍」作「賈菌」宜從。

「便命人將賈琮賈璜各自送回家去」幾鈔本「賈琮賈璜」作「賈環賈琮等」今日之會不可無「賈環」宜從。

「眾人聽了都知道他(鳳姐)素日善說笑話最是肚內有無限新鮮趣令」戚本「令」作「談」「肚內」作「肚子裏」。宜並從。

「或如驚馬之馳，或如疾電之光。忽然咽住鼓聲。那梅方遞至賈母手中。鼓聲恰住。」戚本作「或如怒馬之馳。或如掣電之疾。按其鼓聲慢轉。梅亦慢。鼓聲急轉。梅亦急。恰恰至賈母手中。鼓聲忽住。」宜從。

「咱們九個心裏孝順。只是那小蹄子倒嘴巧。……有主意的說道。……叫我們託生為人。怎麽單給那小蹄子兒一張乖嘴。我們都入了笨嘴裏頭」。戚本「只是」句。作「只是不像那小蹄子嘴巧」。「有——主」句。作「大媳婦有主意。便道」。「叫我」三句。作「叫我們脫生人。為什麼單給那小蹄子一張巧嘴。我們都是笨的」。宜從。

「笑話兒在對景就發笑」。戚本「笑話兒」下有「不在好多四字。宜從。

「祖婆婆。太婆婆。……親孫子媳婦。……孫女兒」

戚本「太婆婆」下有「婆婆」二字。「親孫子媳婦」作「親孫子。「孫姪女兒」下有「姪孫女兒」宜從。

「幾個人」這抬炮人等著房子大的砲砲仗。……「衆人閧然一笑

都散了。這抬炮仗的人。埋怨賣砲」仗的捍的不

結緊實。沒等放就散了。「底本「等著」作「扛著一個」這

砲仗作爆竹。下同。

抬」三句。作「這扛爆竹的人道。怎麼沒等放就散

了。」宜從。是「人」散。非「爆竹散」也。

「年也完」了。節也完了。」底本「完」均作「過」。宜從。

「賈母說。夜長。」不覺得有些餓了。鳳姐忙回說」。有

預備鴨子肉粥……也有棗兒粳的粳米御預備太太們吃齋的。賈母說。倒是這個還罷了。戚本「不覺」的無「不」字。「粳的粳」作「熱的杭」。「吃齋的」下有「賈母笑道。不是油膩膩的就是甜的。鳳姐又忙道。還有杏仁茶只怕也甜。」宜從粥甜茶也甜。鳳姐已經說過。乃賈母一吃一不吃。賈一時口胃之偶合。非言語自相矛盾也。刪去非是。「自十八日以後。親友來請……只說賈母留下解問」戚本「目十」二句。作「十八日便是賴大家。十九日便是甯府賴昇家。二十日便是林之孝家。二十一日便是單大良家。二十二日便是吳新登家。這幾家。賈母也有去的。也有不去的。也有高興直等眾人散方回的。也有興盡半日一時就來的。凡諸親友來請。」只說句下。有「所以到是家[illegible]下人來請。賈母可以自便之處。方高興去雖」雖。宜從家。奴驕傲。主僕同流。伐賈氏致敗之根。不可删。

第五十五回。「誰知服藥調養。直到三月間。纔漸漸的起復過來。」戚本「誰知」二句作「誰知一時難痊。調養到八九月間」。宜從。與六十六回鳳姐八月大愈出來理事正合。

「題著體仁諭德四字。」戚本「諭」作「論」。

「且素日也是平和靜淡。」戚本「靜」作「恬」。宜從。

「只見吳新登的媳婦進來回說。趙姨娘的兄弟趙國基。出了（昨日）事。已回過老太太。太太太太說。知道了。叫回姑娘來。「戚本昨日」五句。作「昨兒死了。回過太太了。太太太太說。知道了。叫回姑奶奶（娘）來」了直從。

趙姨娘道。「我這屋裏。熬油似的。……又有你兄弟。……我還有什麼臉。連你她沒臉面。別說是我呀。戚本「這屋」上有「在字」。「兄弟」上有「和你」二字。

「別說」句。無宜從。

「太太疼你。越發拉扯拉扯我們」。戚本「越發」上有「誰」字。宜從。

探春道。「那一個主子。不疼出力得用的人。那一個好人。用人拉扯的。……他們的好了。你們該知道」。戚本「得用的人」作「的奴才」。「拉扯的」作「拉扯來著」。「你們」上有「自然」二字。宜從。

「你如今現在說一是一。說二是二。如今你舅舅死了。……可惜太太有恩無處使」。殘鈔本兩「如」

令」字。均無。戚本「使」作「施」。均宜從。
「幸虧我還明白。但凡糊塗不知禮的早急了」戚本「禮」作「道理」。宜從。
「我說他。同二奶奶事也忘了。再找去……等他去我」。戚本「二奶奶」作「你主子」。「我」均作「查」。宜從。
「平兒向探春道。姑娘知道。奶奶本來事多……奶奶沒行到。」戚本也屈枉姑娘「奶奶」上均有「二」字。宜增。
「探春笑道。我一肚子氣。」戚本「我一」句下。有「沒人熟性子」。宜潭。

「探春道。凡爺們的使用。都是各屋裏支月錢的。環哥的是姨娘領二兩。寶玉的是老太太屋裏襲人領二兩。蘭哥兒是大奶奶屋裏領。怎麼學裏每人多這八兩……把這條須免了」。戚本「支」作「領了」。「姨娘」下有「屋裏」二字。「每人」下有「又」字。「條」須作「一條務必」。殘鈔本「寶玉」句在「環哥」句上。「玉」作「二爺」。「蘭哥」句下有「二兩」二字。宜從。

等撤下飯桌來……
「侍書素雲早已抬過一張小飯桌來……又兩
……。見飯桌已撤。均
個將桌抬出」殘鈔本「桌」下有「面」字。宜從。吃飯用
「桌面」大家往往如此。
「那裏用姑娘去叫。我們也有人去叫了。一面說
一面用手帕撣石磯……又有茶房裏的兩
個婆子。拿了個坐褥鋪下。」戚本「也有人」作「已經
有人。」「撣」作「撢了一撢」宜從。
「姑娘且潤一潤罷。」戚本「一潤」下有「喉」字。宜從。

「那趙姨奶奶原有些顛倒着三不着兩。」戚本「原有」句，作「原有些倒三不着兩的」宜從。

「二奶奶若是料差一點兒。」戚本「料」作「略」宜從。

「那三姑娘雖是個姑娘。你們都橫看了他。」戚本「個」作「姨娘養的。」「橫看了」他作「見了」。宜從。

「裏頭擺飯吃。」戚本「吃」作「呢」。宜從。

「問一問寶玉的月錢。」殘鈔本「玉」作「二爺」。宜從。

「仗着老太太太太的威勢的。就怕不敢惹。只拿着欺的做鼻子頭」戚本「就怕」句作「就怕他不敢動」只拏着」作「只拿我們」宜從。「雖然庶出一樣。女兒却比不得男人」戚本「庶出」作「說是」宜從。「卻一年進的產業。又不及先時多了有儉了。外人又笑話。」戚本「多」下無「了」字。「屬下」句宜從。「寶玉和林妹妹⋯⋯（老太太自有體己拏出來。）⋯⋯二姑娘是大老爺那邊的。也不算。剩了三四個。滿破着每人化上一萬銀子。

環哥娶親有限。化上三千兩銀子。若不彀。那裏省一點子就彀了」。殘鈔本「寶玉」句。作「寶二爺和林姑娘」二姑句下。有「不算。四姑娘是東府的」。「剩了」句。作「剩了三姑爺娘和蘭小子」。戚本「若不彀」作「不夠」。「點子」作「抿子」。「就」上有「也」字。宜從。「四姑娘小呢。蘭小子與環兒更是個燎毛的小凍貓子」。戚本「蘭小子」下。有「更小」二字。「與」作「比」。殘鈔本「四姑」句下。有「又是東府裏的人」。「蘭小子」下。

有「也小呢」。「與」作「那」。較戚本更妥。

「我想到那裏就不服」。戚本「那」作「這」，「服」作「伏」。宜從。

「再者林丫頭和寶姑娘」。戚本「丫頭」作「姑娘」。宜從。

「心裏卻和寶玉一樣呢」。戚本「寶玉」作「寶二爺」。「一樣」下有「疼」字。宜從。

第五十六回「敏探春興利除宿弊。賢寶釵小惠全大體」。殘鈔本下句作「賢寶釵施惠卻私情」。宜從。

「只想著我們一月所用的頭油脂粉。又是二兩的事。我想我們一月已有了二兩月銀。丫頭們又另有月錢。可不是又同剛纔學裏的八兩一樣。」戚本作「因想著我們一月有二兩月銀外。丫頭們又另有月錢。前兒又有人同。要我們一月所用的頭油脂粉。每人又有二兩。這又同剛纔學裏的一樣。」宜從。

「我就疑惑不是買辦脫了空。就是買的不是正經質。」戚本「我就」句下。有「遲了日子。「就是」句下。有「弄些」使不得的東西塘塞。」與後文「遲些日子」平常東西」略相合。宜從。「脫空是沒有限。只是遲些日子。催急了。不知那裏找些來。不過是個名兒。其實使不得。依然還得現買」戚本「脫空」句下。有「也不敢」「不知」二句。作「不知那裏弄了來的那平常東西。其實」二字。無。還字無。宜從。

「不知他們是什麽法子」咸本句下。有「是鋪子裏壞了的不要了。他們都拿了來。單預備給我們的。」可從。

「甯可得罪了裏頭」咸本「裏頭」作「主子」。宜從。

也」不必要他們交租納稅。只問他們一年可以孝敬些什麽。咸本「一年」句作「一年可有些孝敬」。宜從。

「三姑娘說一套話出來。你就有一套話回奉。」咸本「三姑」句上。有「三姑娘說一句。你就說一句是。橫豎」。此二字屬下讀，宜從。

「我們這裡搜剔不遺。……若是糊塗多歪多妬的。我也不肯。倒像抓他的乖一般了。」戚本「不遺」作「小利」。「多歪多妬」無。「他的乖一般了」作「了共兒」。

宜從

「人同大夫來了。進園瞧史姑娘去。」戚本無「史」字。宜從。病者尚有黛玉。故下文有吳單兩大娘帶進。

「凡有蔬菜稻稗之類」咸本「稗」作「参」。宜從。「只說春夏天二季玫瑰花。只下多少花朵。還有一帶籬笆上的薔薇。月季。寶相。金銀花。藤花。這幾色的草花。乾了。咸本賣到茶葉鋪藥鋪去也值好些錢」。咸本「只下」句無。「還有一帶」作「並那」「薔薇。月季」下。均有花字。「這幾色」作「等類的沒要緊」。「好些」作「幾個」。殘鈔本「寶相」下有花字。均宜從。

「餘者仍憑你們採取了去。利錢年終歸賬」戚本「利錢」作「取利」屬上句。直從。

「主子有一全分。他們就得半分。這是每常的舊規。人所共知的」戚本「就得」作「就有」。「每」作「家」。「規」作「例」。「人所」句下。有「别的偷着的在外」。直從。

「這個多了。那個少了。倒多了事。」戚本「多了事」作「不好」。直從。

「不如問他們誰領這一分的。就攬一宗事去。不過是園子裏大的人動用。」咸本「問」作「叫」。「誰」字、「這」字無。
「分的」作「分子去」。「就攬」作「就派他攬」。「動用」下有「的東
西」。宜從。
「這幾宗雖小。一年通共算了。」咸本「小」作「少」、「算了」
作「算起來」。宜從。
「也要叫你們剩些。粘補自家。雖是興利節用。為
綱。」咸本「粘補自家」作「粘補粘補自己」。宜從。
「如今這園裏幾十個老媽媽們。若只給了這個。

戚本「這個」作「這幾個」宜從。

「只供給這個幾樣」戚本無「個」字宜從。

「你們也知道。我姨娘親口囑託我三五回。說大奶奶如今又不得閑。別的姑娘又小。託我。若不照看照顧。我依。分明是叫姨娘操心。我們太太又多病。家務也忙。我原是個閑人。便是街坊鄰居也要個幫忙的。何況是姨娘託我。讓不起眾人嫌我。倘或我只顧沽名釣譽的。那時酒醉賭輸了。生出事來。我怎麽見姨娘。錢鈔本作你們也知道。太太吩咐過三五次。託我照看照看。我若不依。分明是讓太太操心了。我又是個閒人。便是街坊鄰居。也要幫個忙兒。何況是親姨娘。我既答應了太太。就講不起衆人嫌我。倘仍數說了事。任憑你我們吃酒賭錢。生出事來。我怎麽好去見太太。宜從。

「是上用粧段蟒段十二疋。上用雜色段十二疋。

上用各色紗十二疋。上用宮紬十二疋。官用各色緞紗紬綾二十四疋」戚本作是上等的粧緞蟒緞十二疋。上用各色宮紬十二疋。上用宮紬十二疋。上用緞子十二疋。上用紗十二疋。上用各色紬綾四十疋」宜從。禮須偶數無奇數也。

「等詩寶釵生了。」戚本作「詩寶釵等生了」宜從。

「你是那裏遠方來的小廝。」戚本「小廝」作一個臭小子」宜從。

「往前去。天熱困倦」戚本作「往前來。天熱。人肯困。」宜從。

「不然。如何叫起自己名字來呢。」戚本「如何」下。有看得著自己。宜從。

第五十七回。「慧紫鵑情辭試莽玉。」殘鈔本「紫鵑」作「丫鬟」與「姨媽」作對。可從。

「因祝媽正在那裏完土種竹。掃竹葉子。」戚本作「頓覺一時魂魄失守。隨便坐在一塊山石上出神。」戚本

「因祝」二句。作「因祝鴉正來花前修和便忙忙走了出來。」「頗覺」二字。無。句下有「心無所知。」宜從。時值暮春。非「種竹」之時。瀟湘館內。本未必有山石可「坐」。寶玉說雪雁。「你又做什麼來找我。」戚本「找我」作「招我」宜從。

「往這地方去。恐怕弄壞了。……借我的弄壞了。」戚本「往這」作「往躧」。「弄壞」均作「弄躧」。宜從。「還得回姑娘。費多少事」。戚本作「還得回姑娘呢。」

姑娘又病着。竟廢了大事。宜從。

紫鵑說。寶玉你就一氣。跑到這風地裏來哭。弄出作病來。還了得。」戚本「一氣」作「賭氣」。「弄出」句。作「作出病來唬我」。宜從。與下寶玉「誰賭氣」語相應。

你們姊妹兩個正話說話。」戚本「姊妹」作无。然宜從。謂寶黛也。

「忙問誰家去。紫鵑道。妹妹回蘇州去。」戚本作「忙問誰往那個家去。紫鵑道。你妹妹回蘇州家去。」

宜從。
「因沒了姑媽，無人照看，纔就來了的。明年回去找誰。」戚本「纔就來了的」作「纔來來的。」殘鈔本此句下有「如今姑父又沒了」宜從。
「紫鵑看他怎麼回答。等了半天，見他只不作聲。纔要再問。」戚本「等了三句。」作「只見他總不作聲。」宜從。
「熱身被風撲了。」戚本作「熱身子被風吹了。」宜從。

「又不敢違拗去回賈母。先便差人去請李嬤嬤來。一時李嬤嬤來了……你老人家瞧瞧如何。……襲人因他年老多知。所以請他來看。如今見他這般一說。都信以為實。」殘鈔本「先便」句無。「一時」作「可巧」。「如何」作「可怕不怕」。「所以」句無。宜從。李奶為襲人所厭惡。且係請假出去之人。遇此急事。斷無先去請他之理。

「正服侍黛玉吃藥。」戚本句上有「紫鵑」二字。宜從。

黛玉「更不免也着了忙。因問怎麼了。」戚本作「更
不免也慌了。忙問怎麼了。」直從。
「將所服之藥。一口嘔出。……嘔聲大嗽了幾陣。」
戚本一「口」作一「概」嗆出。「嘔聲」二字。無。直從。
他」姊妹兩個。一處長的這麼大。比別的姊妹更
不同」。戚本「姊妹」均作「兄妹」。直從。
你們也別說林家孩子們。戚本「林家」作「林」字。「孩
子們」上有「好」字。直從。

「賈母忙命拏下來。襲人忙拏下來。」殘鈔本作「賈母忙命襲人拏下來。」宜從。

「一時按方煎藥。藥來服下。」戚本「藥來」句作「服下去。」宜從。

「寶玉不時遣雪雁來探消息。」戚本此句下有「這邊事務盡知。心中暗嘆。幸喜眾人都知寶玉原有些獃氣。自幼是他二人親密。如今紫鵑之戲語。亦是常情。寶玉之病。亦非罕事。因不疑到別事去」。

「不道是句頑話」戚本「不道」作「不過」宜從。

「公子王孫雖多。那一個不是三房五妾今兒朝東。明兒朝西。娶一個天仙來也不過三夜五夜。也就丢在脖子後頭了。甚至憐新棄舊。反目成仇。」殘鈔本「娶一」三句無。甚是。紫鵑智識不高。對於博愛不專。心實憂之。若壹意卜夜則未必然也。

「也只是恐人去欺負罷了」。戚本「是恐」作「好憑」宜從。「便有賈母等親來看視了。又囑咐了好些話⋯⋯因薛姨媽看見邢岫烟」。殘鈔本「賈母」下有「薛姨媽」三字。「好些話」下有「去了不提」。「因薛姨媽」作「却說薛姨媽因」宜從。「目下是薛姨媽的生日」至「忙了三四天方纔完結」一段。十五句。殘鈔本無。致三十六回薛姨媽是六月生辰。此時是三月。事出兩歧。叙無要事。

不如删去。

寶釵便知道又有了原故，因又笑問道：必定是這個月的月錢沒得，鳳丫頭如今也這樣沒心沒計了。岫烟道：他倒想着不錯日子給的。因姑媽打發人和我說道：錢鈔本因又短了，作便悄悄的問他。岫烟道：姑媽打發人來和我說，直從此時鳳姐尚在病假中。觀其平兒同秋紋欲向探春問月錢事，不知月錢決未由鳳姐發也。

能著些。搭著就使了。」戚本「能」作「嘍」，肯從。

「寶釵聽了，悲嘆道。偏梅家又合家在任上。後年才進來。若是在這裏。琴兒過去了。好再商議你這事。離了這裏就好了。如今不完了他妹妹的事。也斷不敢先娶親的。如今倒是一件難事。再遲兩年。我又怕你熬煎出病來。等我和媽媽再商議。」殘鈔本作「寶釵道。你以後別這麼著。倘或短了什麼。你別存那小家子女兒氣。只管找我去。和我說就是了。你一來咱們就好的。並不是因為做了親才這樣。的也不怕人說閒說閒話兒」。按惜春是年十一歲。賈母稱寶琴為小妹妹。則其年不能大過惜春。探春是年十四歲。岫烟稱之為三姐姐。則其年不能大過探春。是寶琴岫烟皆未及嫁年也。

「寶釵又指他裙上一個璧玉珮」。藏本無「璧」字。宜從。

把那當票子。叫了頭送來我那裏悄悄的取出來。……叫做什麼恒舒。……衣裳先到了……便知道是他家本錢。也不答。紅了臉一笑。咸本「送來」作「送到」。「叫做」句作「叫作恒舒當」。「衣裳」句作「東西倒先來了」。「不答」作「不覺」。宜從。

「憑你兩家。隔著海國呢。若有姻緣的。終久有機會作了夫婦」。咸本「國呢」作「隔著國」。「若有」句作「有世仇的」。「終久」作「終究」。宜從。

「故意來形容我」。戚本作「故意來刺我的心」。宜從。

「只說我們看太太疼你」。戚本「太太」上有「老」字。宜增。

「姨太太既有這個主意，為什麼不和太太說去」。戚本「太太」上有「老」字。宜從。

「薛姨媽母女及婆子丫鬟都笑起來」。戚本作「薛姨媽母女二人，及至屋內婆子丫鬟都笑起來」。婆子們因也笑道。姨太太雖是頑話，却到也不差呢。閑了時。合我們老太太商議商議。姨太太竟作媒。保成這門親事。是千妥萬妥的。薛姨媽道。我一出這主意。老太太必喜歡的。」可從。

「就如寶玉倒是外頭常走出去的。」殘鈔本「寶玉」作「寶二爺」。「出去」二字。無宜從。

第五十八回「杏子陰假鳳泣虛凰。茜紗窗真情揆癡理。」「茜紗」乃「賈母給黛玉糊窗」者。故「芙蓉誄」中。回黛玉對寶玉有「我的窗即你的窗」之語。可見怡紅院」無此「宵」也。殘鈔本「杏子陰」作「燒紙錢」。「茜紗窗」作「設香供」宜從。「左大偏宮二十一日後」。戚本「大偏宮」作「偏殿」宜從。

「這陵離都來往得十來日之功。如今走請靈至此。還要停放數日。方入地宮。故得一月光景」。殘鈔本作「這陵離都雖只有十來日的路程。因金棺笨重。行路遲緩。竟需一月之功。請靈到彼。還有許多禮節。要停放數日。方入此宮。故得兩月光景。賈母等方可回家。」宜從。賈母等四月去。六月回。却是兩月。且與趙(下同)姨娘「兩個月之後」語相合。「目今李嬌母雖去。然有時亦來往三五日不定」。殘鈔本「李嬌母」作「李嬌娘母女三人」。「來往」作「來住」宜從。「妝醜弄鬼的幾年」。殘鈔本作「妝神弄鬼的這兩年」宜從。元春辛亥正月省親。諸女伶是庚戌買來至末年壬子四月。極柱多不過兩年也。

「所願去的止有三人。王夫人聽了。只得留下。將願去者三人。皆令其乾娘領回家去」殘鈔本「止有三人」作「只有齡官、武官、寶官、玉官四人」「將願」句作「將願去的四人。宜從女伶十二人。除藕藥官先已死外。僅有文官芳官藕官蕊官葵官茄官艾官荳官十一人。加一武官恰好與文官作對。

「下處用些點心小食」底本「下處」上有「先到」二字。

宜從。

「因蹟址王夫人天天不在家內又送靈去一月方同。」殘鈔本「又送」二句無。宜從。

「大概不安分守己者多。」戚本「守己」作「循理」。宜從。

「也有心地挾窄。」戚本「挾窄」作「狹窄」。宜從。

「去住鐵檻寺祭柩燒紙。」戚本「祭柩燒紙」作「上坟」。宜從。此時榮府無柩停放也。

「看得丟下粥碗就睡。存其在心裏。」戚本「粥」作「飯」。「心」

裏」下有「可不好」三字。宜從。

「不過二年。便也要綠葉成陰子滿枝了。」殘鈔本「二年」作「幾年」。宜從。

「只管對杏嘆息。正想嘆時。」戚本「嘆息」上有「流淚」二字。「正想」作「正悲」。宜從。

「今見無花空有了葉。」戚本「了葉」作「子葉」。宜從。

「相辱沒了沒臉。」戚本作「相辱沒了臉」。宜從。

「如今還比得你們在外頭亂鬧呢。」戚本「亂鬧」上有「隨心」二字。宜從。

「原是林妹妹叫他燒那斕字紙的。」殘鈔本「妹妹」作「姑娘。」宜從。

「那婆子便彎腰向紙灰中揀出不曾化盡的遺紙在手內。說道。你還嘴硬。有証又有憑。」戚本「婆子」下有聽如此說。益發狠起來」「有証」句作「有憑証在這裏。」宜從。

「寶玉忙拉藕官。又用拄杖隔開那婆子的手。說道。你只管拏了回去」威本忙拉藕官」作「忙把藕官拉住。無「又」字。「鬧」作「敲」。「拏了」下有「那個」。宜發。「另教生人替燒。我的病就好得快了。所以我請了白錢巴巴的煩他來替我燒了。我今日纔能起來。偏你又看見了。這會子又不好了。都是你沖了。還要告他去。藕官你只管見他們去。就依著這話說。藕官聽了越發得主意。反拉著要走。那婆子忙丟下紙錢。陪笑央告寶玉說道。我原不知道。

若回太太。太我這人豈不完了。寶玉道。你也不許再回。我便不說。襲子道。我已經回了。原叫我帶他。只好說他被林姑娘叫去了。寶玉點頭應允。襲子自去。」戚本作「要一個生人替我燒了。我的病就好的快。所以我請了這自錢。把把的和林姑娘煩了他來。替我燒了祝讖。原不許一個人知道的。所以我今日纔好些。能起來。偏你又看見了。我這會子又不好了。都是你冲了。你還要告

他去。藕官。只管去。見了他們。你就照依我這話
說。寺老太太回來。我就說他故意來冲神紙。保
佑我早死。藕官聽了。越發得了主意。反倒拉住
婆子要走。那婆子聽了這話。忙丟下紙錢陪笑
央告寶玉道。我原不知道。二爺若回了老太太。
我這老婆子豈不完了。我如今回奶奶們去。就
說是爺祭祀。我看錯了。寶玉道。你也不用再回去
去了。我便不說。婆子道。我已經回了。叫我來帶

他。我甚好不回的。也罷。就說我已經叫到了。又被林姑娘叫了去了。寶玉想了一想。又方點頭應允。那婆子去了。直從敘述顯明。有條不紊。「爲誰燒紙。必非父母兄弟。定有私自情理」。戚本作「到底是爲誰燒紙。我想來若爲父母兄弟。你們皆煩人外頭燒過了。這裏燒這幾張。必有私自情理」。宜從。「況再難隱瞞。便含淚說道。戚本「況再」句無。宜從。

「這意思。少不得也告訴了你。」戚本「這意思」作「又有這段意思。」宜從。指庇「燒幾錢」事。

「這一點子小崽子。」戚本「小」作「猴」。宜從。

少胡鬧。瞧著老太太不在家。一個個連句安靜話也不說了。」戚本「胡鬧」作「亂嚷」。「瞧」著作「瞅」著。「一個個」作「你們」。宜從。

「他失親少眷的。」戚本作「你少爹沒娘的」。宜從。

「取了一瓶花露油。雞蛋香皂頭繩之類」戚本「油」

作「頭。活「雞蛋」上有「些些」二字。宜從。
「只說我尅扣你的錢。」戚本「只說」作「花擺。」宜從。
「我們纔給他東西。你自己不睬。」戚本「纔」作「饒。」「自
己不」作「不害。」宜從。
「你看滿園子裏。誰在主子屋裏。教道過女兒。」……
自有主子打罵。……況寶玉才好了些。連我們
也不敢說話。……眼珠子裏就沒了人了。」戚本
「屋裏」作「院裏。」「教道」作「教導。」「打罵」作「打得罵得。」「不

「敢」下有「大聲」二字。「人」作「我們」。殘鈔本「寶玉」作「寶二爺」。均宜從。

「替他洗淨了髮，用手巾絞乾」。戚本「用手」句作「方纔用手巾擰乾」。宜從。

「寶玉便就桌上呷了一口。說道：好湯。」戚本「呷」作「嗑」。殘鈔本「好湯」下有「好燙」二字。宜從。

「輕輕用口吹著。……口兒輕著些。」戚本「吹著」作「吹油」。「口兒」作「口勁輕些。」宜從。

「他乾娘也端飯在門外伺候。向裏。忙跑進來笑道」戚本「向裏」作「原來芳官等初到時。時就在外邊認的。就同往梨香院去了。這婆子原係榮府三等人物。不過令其與他們漿洗。皆不曾入。內答應。故此不知內幃規矩。今亦託賴他們。方入園中。隨女歸房。這婆子先領過麝月的排場。方知了一二分。深恐不令芳官認他作乾娘。七七便有許多失利之處。故心中只要買轉他們。今見芳

宮吹湯」○「忙跑」上有「便」字○宜從○

一面「叫[又罵]」小丫頭們瞎了眼的……小丫頭們都說○

我們攆他○他不出去○說他○又不信○如今帶累我們

受氣○這是何苦呢○你可信了○」戚本○「不出去」上○「又

不信」上○均有「他」字○殘鈔本「眼」作「心眼」○「你可信了」○

無○均宜從○

「寶玉笑道」○你嘗嘗好了沒有○」戚本「你嘗」句上○有

「仔細燙了氣」○宜增○

芳官便拉肚子疼不吃飯了。襲人道。既不吃。在屋裏做件兒。把粥留下。你餓了再吃。」戚本作「便裝頭疼。說不吃飯了。襲人道。既不吃飯。你就在這屋裏作件兒。把這粥給他留着。一會兒餓了再吃。」直從。

「寶玉便將方纔見藕官。如何謊言護庇。藕官如何叫我問你。細細的告訴他一遍……芳官聽了。眼圈兒一紅。又嘆了一口氣道。這事說來。藕官兒也是胡鬧。寶玉忙問如何。……他們兩個也算朋友。……那裏又是什麽明友呢。那都是傻想頭。」戚本「寶玉」句。作「寶玉便將方纔從火光發起。如何見了藕官」「護庇」作「庇護」「細細」句上。有「從頭至尾」「眼圈」句作「滿面含笑」「藕官」二句。作「可笑可嘆。寶玉聽了。忙問他到底祭的是誰」「他們」句。作「這是友誼」「那裏」二句。作「他那裏是友誼。竟是瘋傻的想頭。直從。

他是小生。藥官是小旦。往常他們扮作兩口兒。每日唱戲的時候。都裝著那麼親熱。一來一去。兩個人就糊塗了。倒像真的一樣兒。後來兩個竟是你疼我。我愛你。「戲本注常」八句。作常作夫妻。雖說是假的。每日演那曲文排場。皆是真正溫柔體貼之事。故此二人就瘋了。雖不作戲。尋常飲食起居。兩個人竟是你恩我愛。宜刪節潤改。

後來補了忘官。我們見他也是那樣。就問他為什麼得了新的就把舊的忘了。他說不是忘了。比如人家男人死了女人。也有再娶的。只是不把死的丟過不提。就是有情分了。你說他是傻不是呢。戚本也是八句。作一般的溫柔體貼。也曾問他得新棄舊的。他說道。這又有大道理。比如男子死了妻。或有必當續絃者。也必要續絃為是。但只是不把死的丟開不提。便是情深意重了。若一味因死的不續。孤守一世。妨了大節。也不是禮。死者反不不安了。你說可是又瘋又訣。說來可是好笑。宜修飾增加。我有一句話囑附你。須得你告訴他。已後斷不可燒紙。逢時按節。只備一爐香。一心虔誠。就能感應了。我那棄工也只設著一個爐。我有心事。不論日期。時常焚香。隨便新水新茶。就供一盞。我有鮮花鮮菓。甚至葷腥素菜、都可。只在敬心不在虛名。已後快命他不可再燒紙。戚本「我看」句下。有「我若親對與他講。未免不便。」「紙」作「紙錢」。「看」句下。有「原是後人的異端。不是孔子的遺訓」。「只備」句下。有「到」日隨便焚香。「就能」句。作「就」可感格了。愚人原不知。無論神佛死人。必要分出等列。各色各樣來的。殊不知只以誠信二字為主。即值倉皇流離之日。雖連香也無。隨便有土有草。只以潔淨便可為祭。不獨死者享祭。便是鬼神。

皆是來享的」。「我那」上有「你瞧瞧」。「時常」句下有「他們皆不知原故」。我心裏各有所因」。「甚至」三句。作「甚至於葷羹腥菜。只要心誠意潔。便是佛爺。也都來享。所以說只在敬不在虛名」。「紙」作「紙錢」。宜刪節加入。

第五十九回。「柳葉渚邊嗔鶯叱燕。絳芸軒裏召將飛符」。殘鈔本下句作「怡紅院裏遣將降妖」。直從。

「鴛鴦琥珀翡翠玻璃等四人。都著打點賈母之物。玉釧彩雲彩霞。皆打點王夫人之物……跟隨的一共大小六個丫鬟……鴛鴦與玉釧兒皆不隨去。只看屋子。」殘鈔本「鴛鴦」句。作「鴛鴦琥珀珍珠翡翠玻璃等。」「玉釧」句。作「玉釧彩雲彩鳳等」。此次跟隨王夫人出門之婦。除玉釧留守屋子外。據徐本是彩雲彩霞。則後文偷霜露之事。無論何人。其來不能成立。據殘鈔本是彩雲。則俞霜露者必是彩霞。綜全書前後觀之。自宜以殘鈔本為是。

「一日清曉」殘鈔本「一日」作「次日」。宜從。是四月十三日。

「都給了妹子了」。殘鈔本「妹子」作「琴兒」。宜從。

「顰兒配了許多。我正要放要他些來。戚本「我正」句作「我正要和他要些」宜從。

「黛玉對鶯兒說。「你同去說與姐姐。不用過來問候媽了。也不敢勞他過來。我梳了頭。同媽都往你那裏去吃飯。殘鈔本「姐姐」作「姑娘」。「媽了」作「太太」。「過來」作「來瞧我」。「同媽」句作「同太太都往你們那裏去。飯也送到那裏去吃」。宜從。是對鶯兒口吻。

鶯兒道。「姑娘也去呢。藕官先同去等著……」一面將黛玉的匙箸用了一塊洋布包了。戚本「光同」下有「我們」二字。「洋布」作「汗巾」。宜從。

春燕說。「要告你(藕官)沒告成。倒被寶玉賴了。他(夏婆子)好些不是。」殘動本「寶玉」作「寶二爺」。宜從。藕官說。「在外頭這二年。不知賺了我們多少東西。你說說可有的沒的。」戚本「不知」二句。作「別的東西不算。只算一日我們的米來。不知賺了多少。家去合家子吃不了。還有每日買東西十日賺的錢在外。連我們使他們使兒。就怨天怨地的。你說說可有良心」可從。

春燕說。怨不得寶玉說……不知怎麼變出許多不好的毛病兒。殘鈔本「寶玉」作「寶二爺」。咸本「不知」句下。有「雖是顆珠子。却沒有光彩寶色。是顆死珠了」。均宜從。

「又要給寶玉吹湯。討個沒趣兒」。殘鈔本寶玉作「寶二爺」。咸本討個」句。作「我才見他一進來。我就告訴那些規矩。他只不信。只要强作知道。足的討個沒趣兒」。均宜從。

他一得了這比方。

「這一帶地方的東西都是我姑媽管着」。咸本「姑媽」作「姨媽」。下同。疊從。「他一」句下有「也得了永遠基業還利害」。宜從。

「老姑嫂兩個照看的謹謹慎慎」。殘鈔本「姑嫂」作「姊妹」。宜從。

「雖道把我旁分辦子不成」。咸本「分」作「八」。宜從。

「說姑奶奶又怎麼了」。咸本「姑奶奶」作「姨娘你」。宜從。

「你是我自己生的出來的。」戚本「自己生」作「肚裏來」。宜從。

「掐他又說去來。言……不免趕着來喊。道」戚本「去來」作「出打他。」「不免」句。作「不免着急起來。又忙喊道」宜從。

麝月說。「去把平兒給我叫來。平兒不得閒。就把林大娘叫了來。」殘鈔本「平兒」均作「平姑娘。」與下婆子「平姑娘」語相應。且與「林大娘」一律。

「那婆子說道○憑是那個姑娘來了○也要評個「理」○戚本「姑娘」上下「平」字○「評」作「平」○宜從○是婆子口吻○「那婆子聽見如此說了○嚇得滿面流淚○戚本「那婆」句下○有「自不舍得出去」○「嚇得」作「便又」○宜從○「況且我是寡婦家○沒有壞心○一心在這裏頭服侍姑娘們○我這一去」○戚本作「況且我是寡婦家裏沒人○正好一心無掛的在裏頭伏侍姑娘也便宜○我家裏也有些交過○我這一去○又要自己生大過

活。將不免又沒了過活」宜從。

襲人說。「天天門口處也叫人笑話」戚本無「處」字。

也叫」句下有「失了體面」宜從。

晴雯說「那裏那麼大工夫和他對嘴對舌的」戚

本作「誰合他去對嘴對舌的」宜從。

平兒說。「得將就的就有些事罷」但只聽見各屋

大小人等。都作起反了」戚本作「得有的且有些

事兒也罷了。能去了幾日。只聽各處大小人兒。

都作起反來了。」宜從。
「年兒笑這這算什麽事。這三四日工夫一共大
小出了八九件呢。比這裏的還大。可氣可笑。」戚
本「這算句作「這算什麽。正合珍大奶奶等算呢。」
「件呢」作「件了」。此這二句作「你這裏是極小的算
不起數兒來。還有大的可氣可笑之事。」宜從。順
帶尤氏。管家。拆不冷落。
第六十四、茉莉粉替去薔薇硝。玫瑰露引出茯

苓霜」殘鈔本上句作「薔薇硝化成茉莉粉」宜從。

平仄宜叶。

婆子說「你又該來支問著我了」戚本「支問」作「寶問」宜從。

春燕說「寶玉當說這屋裏的人。……他都要回太太」殘鈔本「玉」作「二爺」。「太太」上有「老」字。宜從。

「寶玉會意。忙笑道。且包上等去」戚本作「寶玉會意。忙笑包上。說道。快取來」甚是。

「且王夫人等又不在家」殘鈔本作「王夫人等又送靈去」宜從。

「賈環得了硝。興興頭頭來找彩雲。彩雲已隨王夫人去送靈。何以此時又在家。豈有分身術耶。殘鈔本「彩雲」作「彩霞」。極本回是詞同。極是。

趙姨娘說賈環。「也只好受這些毛丫頭氣。……你沒有什麼本事。我也替你根」。戚本「丫頭」作「蕙子」。「什麼」作「這」。「根」作「羞」。宜從。

「我腸子裏爬出來的。我再怕了。這屋子越發有得活了」戚本「腸」作「肚」。「怕了」作「怕起來」。「得活」作「些話頭」宜從。

夏婆子說。「他們私自燒紙錢。寶玉還攔在頭裏。……你想一想。……你自己拿不起。但凡掌得起來。誰還不怕老人家。……都不是正經貨。殘鈔本「玉」作「二爺」。戚本「你想」作「你老想」。「你自」三句。作「你老拿不起來。誰還怕你老人家。」「正經」作「正頭」宜從。

「小倡婦養的」。戚本作「小淫婦」

葵官荳官」說。芳官被人欺侮。你們也沒趣兒。須

得大家破著。大鬧一場。」戚本「欺侮」作「欺負」。「你們」

作「咱們」。「破著」下有「臉」字。宜從。

「別聽那說瞎話的混帳人挑唆。惹人笑話。自己

獃。」「白給人家做弄。」戚本作「別聽那些人挑唆。沒

的惹人笑話。自己獃。白給人做粗活。」宜從。

艾官說「都是夏媽素日和這芳官不對。……看見他和姨奶奶在下處。戚本「這芳官」作「我們」。「下處」作「一處」。直從。

「可又去討不是了。」戚本作「可又叨蹬不好了。」直從。

芳官「便把手內的糕。掐了一塊。擲著這藕官兒頑。」戚本「掐了」句。作「一塊一塊的掰了。」直從。

「小蟬氣得怔怔的。瞪著說道。雷公老爺也有眼睛怎麽不打這作孽的人。戚本「瞪著」句。作瞅著冷笑。道「怎麽」句下。有他還氣我呢。我可爭什麽比你們。又有人進貢。又有人作乾奴才。溜溜你們。好上好兒幫襯著說幾句話兒。」宜增。

「天天見了就淘氣。……一面自言著去了。」戚本「淘氣」「自言」句作「咕噥」宜從。

芳官說。「偏那起不死的又和我鬧了一場。」戚本「起」作「趙」。宜從。

寶玉「方又勸了芳官一陣。」戚本「方又」作「方從蘅蕪院同來。」宜從。同應上文。自不可加「裏面有牛瓶胭脂一般的汁子。……又謝芳官。因說道。今日好些。」戚本「有牛」作「小半。」又謝了芳官因說道作「謝了一謝。芳官又問他好些。五兒道。」宜從語意較足。

「雖然是個尊貴的物兒。卻是多吃了。也動熱。」戚∴……這你姑舅兄弟一點兒。他那熱病也想這些

東西吃」既云動熱。則熱病如何吃得。殘鈔本「尊者」成那熱病」作他那病宜從。（作清熱他）

你」哥哥分了這些」殘鈔本此句下有「說是千年松柏根下的茯苓精液製成的。」宜從。

「咁我們三四個人。各處都找到了。你老人家從那裏來了。」戚本「咁我們」作我們的。「各處」句。作「都」

找你老去了。還沒來。「從」上有「却」字。宜從。

紅樓夢正誤補卷四

盱眙吳克岐軒丞述

第六十一回。「投鼠忌器寶玉瞞贓。判冤决獄平兒行權」殘鈔本下句作「情屈說槐平兒决獄」宜從。

「不要討我把你頭上的「樢蓋子蓋撒下來。」戚本別討我把你頭工樢子蓋似的幾根黃毛撏下來。宜從。

「柳氏啐道……還動他的菓子」戚本啐上有「笑」字。「還動」句下有。「昨兒我從李子樹下一走。偏有一個蜜蜂兒。往臉上一過。我一招手兒。偏你都舅母就看見了。他離的遠。看不真只當我摘李子呢。就潑聲浪嗓喊叫起來。又是還沒供佛呢。又是老太太太太不在家。還沒進鮮呢。等進了上頭。嫂子們都有分的。倒像誰害了饞癆等李子出汗咯呼我也沒好話。搶白了他一頓」宜增。

「又攝鬼十」。戚本作「又攝鬼帝白的」。宜從。「單等他們調停分派」。戚本「他們」作「他們來」。宜從。「你少滿嘴裏渾謅」。戚本「混謅」作「混嗆」。宜從。「通共留下這幾個預備菜上的澆頭姑娘們來要。還不肯做上去呢。預備遇急兒你們吃了。倘或一聲要起來。沒有好的。連雞蛋都沒了」。既云「不肯做上去」。又云「要起來沒有」。語不可解。戚本「預備菜上」三句。無「遇急」作「擦急」。「沒有」二句。作「沒有。還了得」宜從。
有」一年連草棍子還沒有的日子還有呢。」戚本
「棍」作「根」。「還沒有」作「都沒了」。宜從。
「吃膩了腸子。」戚本「腸子」作「腸」。宜從。
「又」是什麼麵斤蘿蔔炸兒。」戚本「麵斤」作「麵觔」。下
同。宜從。
「算著。連姑娘帶姐兒四五十人。」戚本「算著」作「說
我單管姑娘的廚房有事。又有剩頭兒。算起帳

來惹人惡心」宜從。

「要吃個油鹽炒菜芽兒來。戚本「菜芽」作「枸杞菊」宜從。

「一頓亂翻亂擲。」戚本「亂翻」作「亂播。」宜從。

「惡又生事。」殘鈔本句下有「不提。且說五兒回來了。」宜從。照應前文，自不可少。

春燕對五兒說。「橫豎等十來日就來了。」殘鈔本作「橫豎等不到兩個月（實無）就回來了。」宜從。

林之孝家說。「是何主意。可是你撒謊。」戚本作「這個我就實在不懂得是何主意。可知你扯謊。」宜從。

五兒說。原是我媽一早教我取去的。……只怕媽

我媽錯認我先去了。」戚本「取去」作「送去」，「錯認」作「錯當」，「先去」作「出去」。宜從。

「要些玫瑰露誰知也少了罐子。」殘鈔本「罐子」作「一瓶」。宜從。

「不管你芳官圓官」戚本芳官作「方官」宜從。

「探春已歸房。人回進去了，丫鬟們都在院內納涼。探春在內盥沐。只有侍書回進去。」此時是四月中旬。北方天氣不暖。尚非納涼之時。殘鈔本作「探春已歸房盥沐。侍書回進去。」宜從。

「先找著了平兒。進去回了鳳姐。」戚本「進去」上有「平兒」二字。宜從。

「把五兒打四板子。」戚本「四」作「四十」。宜從。

還等老太太太太回來看了。纔敢打動。」戚本無「打」字。宜從。

況且那邊所丟之霜。」戚本正没主兒。如今有贓証的自放了。」戚本之「霜」作「的」。「自放」作「白放」。宜從。

晴雯走來笑道。太太那邊的霜。再無別人。分明是彩雲偷了。給環哥兒去了。「彩雲已隨王夫人出門。送靈。焉能在家作賊。戚本「霜」作「露」。殘鈔本「彩雲」作「彩霞」。下同。極是。

「兩個人窩裏炮」，戚本「砲」作「發炮」，宜從。

平兒說「到像我沒本事，問不出來，就是這裏完事」，戚本「就是」句作「須出這裏來完事」，宜從。

襲人說平兒「也要你留個地步」，戚本作「你也要留個地步兒」，宜從。

平兒說「我就同了二奶奶，不要冤屈了人」，戚本「不要」句作「別冤屈了好人」，宜從，與下文彩霞復述語相應。

彩霞「說道。姐姐放心。也不要冤屈了好人。也我
說了怕傷體面。戚本「姐姐」上有「好」字。「也不要」作「也
別」。「我說」。又作「也別帶累了無辜之人傷體面」。宜
從。

「平兒帶了他兩個並芳官。來至上夜房中。叫了
五兒。將茯苓霜一節。也悄悄的放他說係芳官
所贈。五兒感謝不盡。平兒帶他們來至自己這
邊。殘鈔本「來至」六句。作「往前邊」。先命人悄悄告

訴五兒。教他說茯苓霜也是芳官給的。隨後命人將五兒也叫到前邊。宜從林之孝家說。「我暫且將秦顯的女人派了去伺候姑娘們的飯了。」「底本「姑娘們的飯了」作「一併回明奶奶。他倒乾淨謹慎。以後就派他常伺候罷。」宜從。

「是寶玉那日過來……寶玉便瞧他兩個不提防時節……如今寶玉聽見帶累了別人。……

也是賈玉外頭得的。戚鈔本「寶玉」均作「寶二爺」。宜從。

「前日那兩日。還擺在議事廳上。」戚本「兩日」作「兩裏」。宜從。

鳳姐道。「隨你們罷。沒的嘔氣。」戚本作「隨你這小蹄子發放去罷。我纔清爽些了。沒的淘氣。」宜從。

第六十二回。「憨湘雲醉眠芍藥裀。獃香菱情解石榴裙。」戚鈔本「裀」作「枕」。宜從。「枕」實有之。「裀」則未也。

「那秦顯家的好容易得[等]了這個空兒鑽了來」。戚本「等了」作「得了」。宜從。

「連司棋都氣了個直眉瞪睛」。戚本「直眉瞪睛」作「倒倆」。宜從。

「趙姨娘正因彩雲私贈了私[許]多東西」。殘鈔本「彩雲」作「彩霞」。下同。極是。「彩雲」已隨王夫[人]出門。正詳述於上回矣。

賈環說。「你不和寶玉好。他如何肯替你應」殘鈔本「寶玉」作「寶哥哥」宜從。

「惹」的趙姨娘「罵沒造化的種子。」戚本句下有「想心孽障」宜從。

「家中常走的男女先」日來上壽。」戚本「男女先日」作「女先兒」宜從。與下說「給姨太聽」語相應。

「先至薛姨媽處。再三拉着」戚本「再三」上有「薛姨媽」三字。宜從。

「復出至二門。至四個奶媽家讓了一回。」戚本「四個」上有「李趙張王」四字。直從「平兒說。我那裏禁當得起。所以特給二爺來叩頭。寶玉笑道。我也禁當不起。……」「平兒便拜了下去。寶玉作揖不迭。平兒便跪下去。寶玉也忙還跪下。襲人連忙攙起來。又拜了一拜。寶玉又還了一揖。」戚本「禁當」均作「經當」。「所以」句作「所以特趕來磕頭。」殘鈔本「平兒」六句。作「平兒便福下去。

寶玉連忙還揖。襲人拉住平兒。平兒又下了一福。「宜從」王夫人既有「不令年輕人受禮」之命。平兒必早知之。決無仍然「磕頭」之理也。

「柳家的笑道。今日又是平姑娘的千秋。我們竟不知道」。戚本「今日」上有「原來」二字。「又是」作「也是」。「們」字。無。宜從。

「薛蝌忙說。姐姐兄弟只管請」。按是年寶釵十七歲。寶玉十五歲。薛蝌稱寶釵為姐姐。寶玉為兄弟。則薛姍之年。或與寶釵同年小月分。或小一歲。或與寶玉同年大月分。三者必居其一。殘鈔本「兄弟」下有「們」字。極是。以同行者尚有寶琴也。

「保不住那起人。圖順腳走近路從這裏走」戚本「走近」二句。作「趕」近往這裏走。宜從。

「若不是裏頭有人。你是連這兩件還不知道呢。」戚本「若不」句作「若非因人」。無「是」字。宜從。

「只見襲人香菱侍書晴雯麝月芳官蕊官藕官

十來個人。」戚本「侍書」下有「素雲。」

「當下探春等還要把盞。」戚本句下有「與衆獻壽。」

直從。

「湘雲贏了寶玉。襲人贏了平兒。三人限酒底酒面。」尤氏鴛鴦。猜輸猜贏。戚本「湘雲」句下有「鴛鴦贏了尤氏。」「二人」作「三人。」直從。

「奔騰烹湃。……須要鐵鎖纜孤舟。」戚本「烹湃」作「而砰湃。」「索纜」作「鎖纜。」

「夾了一塊鴨肉呷口酒」戚本無「酒」字。宜從。

「香菱道。不止知時事。這也是有出處的」戚本「不止」作「不是」。「是」字「的」字均無。宜從。

「或是姨媽他那裡說話兒去」。殘鈔本「姨媽他」作「姨太太」。宜從。

「自言自語說。泉香酒洌」。戚本作「唧唧嘟嘟說道。泉香而酒洌。玉盌盛來琥珀光。直飲到梅梢月上」。宜從。

「既是這麽著。就攆他出去。
平兒說」等太太回來再回。請姑娘定奪」戚本「探
春點頭。仍又下棋」戚本「既是這句上。有「探春點點頭道。」
再回」作「再回作。」「請姑娘三思」探春點頭」作「說畢宜
從
「黛玉和寶玉二人站在花下。遙遙盼望」戚本「盼望」
作「看著。宜從。
襲人」只得一鍾茶。便說。那位吃時。那位先接了。我
再倒去。寶釵笑道。我倒不吃。只要一口漱漱就是

了。」戚本「只得」四字作「笑道。一鍾茶那位喝了。那
位先接了吃。」「我倒」二句。作「我卻不渴。只要漱一
漱口就彀了。」宜從。
「一碟醃的胭脂鵝脯……春燕放在桌上。走來
安小菜碗筋過來。」戚本「一碟」作「一碟醃肉。又一
碟醃的脂鵝脯。」「走來」句。作「走去拿了小菜並碗
筋過來。」宜從。
「襲人笑道。我說你是貓兒食。」戚本「我說」句下文有

「聞見了就是好的。備口飯兒香」宜增。

「一股也不是我的私活頭你。你道不是他的。二、

二怎麼粧態兒和我笑。」戚本「你道」句作「橫豎都是他的。」「怎麼」句作「別只佯態」宜從。

「一個剪兒一個花兒叫做蘭。一個剪兒幾個花花叫做蕙。」戚本作「一箭一花為蘭。一箭數花為蕙。」宜從。

「滿口裏放屁胡說。」戚本「放屁」作「汗攮胂」宜從。

「我這裏倒有一枝並蒂菱。口裏說着。手裏真個拈着一枝並蒂菱花。……將方纔夫妻蕙與並蒂菱。……將這菱蕙安放上。」戚本「菱」均作「蓮」。

「若你們家一日遭蹋這一件。」戚本殘鈔本「一件」作「一百件。」宜從。

「襲人上月作了一條。」襲人去年十月裏做。既不能穿紅裙。如何上月又做。情理不合。殘鈔本作「襲人却有一件。」宜從。

「因又想起上日平兒。也是意外想不到的。「平兒理妝」是去年九月事。為時已久。非上日也。殘鈔本「上日」作「前次」。極是。

「况與香菱相好」。戚本「相好」作「素相交好」。宜從。

「又命寶玉背過臉來。自己向內解下來」。殘戚本「自己」下有「叉手」二字。宜從。

第六十三回。「襲人笑道。你這個人。一天不挨他兩句硬話村你。你再過不去。晴雯笑道。你如今也學壞了。專會調三窩四。」底本「村」作「蠢蠢。」「調三窩四」作「架橋兒撥火兒。」宜從。「春燕道。我才告訴柳嫂子。他們喜歡得狠。底本「他們」作「他倒。」宜從。「如今日長夜短了。該早些睡。明日起遲了」殘鈔本「明日」句。作「明兒才能早起。若是睡遲了。起來也就遲了。」宜從。「眾人聽了。卻也歡喜。」底本「眾人」作「探春。」宜從。下交翠墨去「請李紈。」乃奉探春之「命」也。「裏面是六點。數至寶釵。」戚本「六」作「五」。「翠鳳毛翎紮幕杈。閒踏天門掃落花。」戚本「閒」「閒踏」句。作「閒為仙人掃落花。您看那風起玉塵沙。猛可的那一層雲下。抵多少門外即天涯。你再休要向東老貧窮賣酒家。你與俺眼向雲霞。洞賓呵你得了人可便早些兒回話。若遲呵錯教人留恨碧桃花。」

探春「便擲在桌上。紅了臉笑道。這東西。」戚本「便擲」句。作「便撂在地下。」「這東西」下有「不好」二字。宜從。與下文「拾了起來」語相應。

「擲了個十九點出來。」戚本無「才」字。

「你們瞧瞧這行子。」戚本作「你們瞧這勞什古子。」宜從。

「麝月一擲個十點。」戚本「十」作「十九」。

「探春笑道。這是什麼話。大嫂子順手給他一巴掌」。戚本「這是」句作「你說的是什麼」。「巴掌」作「一下」。宜從。

「酒缸。已罄」。戚本「缸」作「罈」。宜從。

襲人說「晴雯連條也忘了。我記得也還唱了一個曲兒」。戚本「也還」作「他還」。宜從。

四兒說。「連姐姐還唱了一個呢。在席的誰沒唱過。」眾人聽了俱紅了臉。「戚本「唱過」作「聽見」。殘鈔本「眾人」作「襲人」。無「俱」字。宜從。襲人說嘴打嘴。

由自取。

「一個個把〔吃得〕臉了〔都丢〕忘了。又都唱起來」戚本「都丢」作「都忘」。「又都」上有「三不知」的。宜從。

「忽見岫烟顫顫巍巍的迎面走來。寶玉忙問姐姐那裏去。」玫五十七回。岫烟稱探春為三姐姐。則其年必小於探春。寶玉無稱姐姐之理。殘鈔本「顫顫巍巍的」。無「姐姐」稱〔作〕「妹妹」。下同。宜從。

「原本有來歷」戚本作「原來有本而來」。宜從。

「既連他這樣。」戚本作「既然連他都這樣。」宜從。「只開門縫兒投進。去便回去了。」戚本「去了」下有「園」又見芳官梳了頭挽起髻來戴了些花翠。忙命他改妝。又命將周圍的短髮剃了去露出碧青頭後面當分大頂。又說冬天必須貂鼠臥兔兒帶。腳上虎頭盤雲五彩小戰鞋。或散著褲腿。只用淨襪厚底鑲鞋。又說芳官之名不好。若改了男名纔別致。因又改作雄奴。芳官十分稱心。

便說既如此。你出門也帶我出去。有人問。只說合茗姻一樣的小廝就是了。寶玉笑道。到底人看的出來。芳官笑道。我說你是無才的。咱見況們家現有幾有幾家土番。你就說我是個小土番。且人人說我打聯垂好看。你想這說的可不好麼。寶玉聽了。喜出望外。忙笑道。這很好。我也見常見官員人等。多有跟從外國獻俘之種。圖其不畏風霜。鞍便馬捷。既這等。再起過番名。叫耶律雄奴。二音又與匈奴相通。都是犬戎名姓。況且這兩種人。自堯舜時。便為中華之患。晉唐諸朝。深受其害。幸得偺們有福。生在當今之世。大舜之正裔。聖虞之功德仁孝。赫赫格天。同天地日月億兆不朽。所以凡歷朝中跳梁猖獗之小醜。到了如今。不用一干一戈。皆天使其拱俛。緣遠來降。我們正該作踐他們。為君父生色。芳官笑道。既這麼着。你該去操習弓馬。學些武藝。挺身出去挈幾個反叛來。豈不盡忠士效力了。何必借我們。你數唇搖舌。自己開心作戲。却自己稱功頌德。寶玉笑道。所以你不明白。如今四海賓服。八方寧靜。千秋萬載不用武備。咱們雖一戲一笑。也該稱頌。方不負坐享昇平了。芳官聽見說得有理。二人自為妥洽合宜。寶玉便叫他耶律雄奴。究竟賈府二宅皆有先人當身所獲之囚。賜為奴隸。只不過令其飼養馬匹。皆不堪大用。湘雲素習憨戲異常。他也最喜武扮。每每自己束鑾帶。穿摺袖。近見寶玉將芳官扮成男子。他便將葵官也扮了個小子。那葵官本是常劄剃短髮。便於面粉抹油。手腳又伶便。打扮了。又有一層手。李紈探春見了也愛。便將寶琴的荳官也就命他打扮了個小童。頭上兩個丫髻。短襖紅鞋。只差了塗臉。便儼然是戲上的一個琴童。湘雲將葵官改了。喚作大英。因他姓韋。便叫他作年大英。方合自己的意思。暗藏推大英雄能本色之語。何必塗脂抹粉。荳官身量年紀。皆極小。又鬼靈。故曰荳官。園中人也有喚他作荷荳的。也有喚作炒荳子的。寶琴反說琴童書童等名太俗了。竟是荳字別致。喚作荳童。此段太長有深意。惜太冗長。前錄殘鈔本又嫌太簡。姑兩存之以備刪改。

「且同眾人一一的遊玩。」戚本句下有「一時到了怡紅院。忽聽寶玉叫耶律雄奴。把佩鳳偕鴛香菱三個人。笑在一處。問是什麼話。大家也學着叫這名字。又叫錯了音韻。或忘了字眼。甚至於叫出野驢子來。引得合園中人。凡聽見者無不笑倒。寶玉又見人取笑。恐作踐了他。忙又說海西福郎思牙。聞有金星玻璃寶石。他本國番語。以金星玻璃名為溫都里納。如今將你比作他。就改名喚作溫都里納可好。芳官聽了更喜。

說就是這樣罷。因此又換了這名。衆人嫌拗口。仍番漢名叫服遠」。此段亦冗長。前錄殘鈔本亦太簡。仍兩存之以備刪改。

「係道教中吞金服砂燒脹而歿」。戚本「道教」作「玄教」直從。

「原是秘製的丹砂」。戚本作「原是老爺秘法新製的丹砂」直從。

「一面且做起道場來」。戚本句下有「等賈珍」三字。

宜從。

「賈蓉當下也下了馬。聽見兩個姨娘來了。喜的

笑容滿面」。戚本「喜的」句作便和賈珍一笑」。宜從。」

「越發連那小家子的也跟不上」。戚本「家子」下有

「刨坎」二字。宜從。

「尤三姐便轉過臉去說道」。戚本作「尤二姐便上

來撕嘴。又說」。宜從。

「尤二姐便悄悄咬牙罵道」。戚殘鈔本本「咬」下有「含

笑」二字。宜從。

第六十四回。擇於初四日卯時請靈柩進「城」。殘鈔本「初四」上有「五月」二字。宜從。

「只有那舅太爺相伴未去。賈珍賈蓉此時為禮法所拘」。殘鈔本「舅太爺」作「大舅」等。「賈蓉」二字無。宜從。與下文「尋小妹子廝混」語相應。

「只見西邊炕上麝月秋紋碧痕春燕等正在那抓子兒贏瓜子兒」。戚本「春燕」作「紫綃」。宜從。「春燕」

也與「四兒」挑花線作「耍」矣。

「晴雯道：襲人麼。」戚本「襲人」作「他」，宜從。

寶玉說：「襲人。你也該歇息歇息。或和他們頑笑。何不瞧瞧林妹妹去也好。」殘鈔本作「你也該歇息一會兒。和他們頑笑頑笑。要不瞧瞧林姑娘去也好」，宜從。

「芳官早託了一杯涼水內新新結的茶來。」戚本「新結」作「新湃」，宜從。

「我来時已分付了焙茗。若珍大哥那邊」殘鈔本「大哥」作「大爺」。宜從。

「不知是詩是詞」。戚本「詩詞」下均有「何」字。宜從。

「又將將那龍文鼎放在桌上」。戚本「鼎」作「鼒」。宜從。

「鼒」子之切。小鼎也。

「或者是姑爹姑媽的忌辰」。戚本無「姑爹」二字。極

「是如海忌辰」是九月初三日。此時尚是六月。

「此時已過。大約是七月。因為瓜果之節」殘鈔

本作「此」時却已過了。太約必是因今年節氣早。如今立過秋。已交七月瓜菓之節」宜從。

「況兼黛玉多心。每每說話造次。得罪了他」戚本「得罪」句下。有「致彼哭泣」宜增。

黛玉」又指著寶玉笑道。他已收了去了。」戚本「收了」作「撿」了。宜從。

「效顰莫笑東村女」戚本「東村」作「東鄰」宜從。

臨斷烏啼夜嘯風」戚本「烏啼」作「烏騅」宜從。

二」詩俱能各出己見。不與人同。」戚本「不與」句。作「不襲前人。」宜從

「恰好賈璉自己下馬進來。」戚本「自己」作「自外。」宜從。

「只聽見裏面笑聲裏面卻
當下賈母進入裏裏天敬是賈赦賈璉送賈母到家。即過這邊來了。……他父子一邊一個。」戚本「賈璉」作「賈璜賈珖。」他「父子」作「賈璜賈珖。」宜從。與上同。「尤氏命賈璜賈珖路上護送而·母」

相應。

賈珍「遂再三的勸。賈母不得已方回來了。」戚本「遂再」句作「遂再三求賈母回家。王夫人等亦再三相勸」宜從。

「足足的忙亂了半夜一日」。戚本無「一日」二字。甚是。與下文「三更發汗」語相應。

「有江南甄家送來打祭銀五百兩。未曾交到庫上去。家裏再找找。湊齊了給他去罷。」戚本「家裏」

二句。作「你先要了來給他去罷。」宜從。

「我父親也要將姨兒轉配。」戚本「姨」上有「二」字。宜從。

賈璉說賈蓉。「你有什麽主意。只管說給我聽聽。」

戚本「只管」句。作「快些說來。我沒有不依的。」宜從。

「叔叔只說嬸子總不生育。」殘鈔本「總」不生育作多病。恐怕不能生育。」宜從。

「沒有不完的事。」殘鈔本句下有「叔叔沒見著兒

弟嗎○他如今和齡官過着很快活的日子呢○直称

從○

二姐兒已取了銀子來○交與尤老娘○尤老娘便遞與賈璉○賈璉叫一個小丫頭○叫了一個老婆子來○

殘鈔本「銀子」作「一張銀券」叫一個小丫頭○無宜從○三百兩銀子○如此傳遞○恐非易事○則亦嫌轉折太多也○

「聽見這個巧宗兒○如何不來呢○」戚本「來呢」下有

又使人將張華父子叫來。逼勒著與尤老娘寫退婚書。宜增。

「選擇了初三黃道吉日。以便迎娶二姐兒過門。」殘鈔本「初三」上有「七月」二字。「以便迎」無。宜從。

第六十五回「賈二舍偷娶尤二姐。尤三姐思嫁柳二郎」殘鈔本「賈二爺偷娶淫蕩女。尤三姐思嫁游俠兒」宜從。

「窗下十來個人。倒也過起日子來。十分豐足。眼見已是兩月光景」殘鈔本「眼見」句無。賈璉娶尤二姐是七月初三日事。已是兩月」則九月初矣。下回云「出月至平安州」則是十月初矣。又云「八月內湘蓮到京」時日不合。不如删去此句。較為妥善。

「三姐兒已合人預備「酒饌。關起門來。都是一家人。原無避諱」戚本「三姐兒」作「尤二姐」一家作個。宜從。

尤二姐吃了兩鍾酒。便推故往那邊去了。賈珍此時也無可奈何。只得看著二姐兒自去。剩下尤老娘同三姐兒相〻陪。：：：：況且有尤老娘在旁邊陪著。賈珍也不好意思。太露輕薄」。殘鈔本便推」四句。作「便向尤老娘說道。媽。我怪怕的。你同我到那邊走走去。尤老娘真個同他出來。兩個小了頭也都躲避出去了」「況且」三句。無宜從。

「四人正吃得高興。殘鈔本無「四人」二字。宜從。

見尤二姐和兩個小丫頭在房中。」殘鈔本「兩個
小丫頭」作「尤老娘」。宜從。
「一時鮑二的女人端上酒來。」殘鈔本句下有「尤
老娘不吃。同房去了。」宜從
尤二姐說。「我如今和你作了兩個月夫妻……
如今既做了夫妻。」殘鈔本兩個月。」無「如今」句。無
宜從。
賈珍見賈璉進來。不覺羞慚滿面。尤老娘也覺

不好意思。殘鈔本「尤老」句。無宜莊。

尤三姐「說。我倒不曾和你哥哥吃過。今日倒要

和你吃一吃。咱們也親近親近。」殘鈔本作「說我合

和你哥哥已經吃過了。今兒再和你吃一吃。咱

們也親香親香。」宜莊。

「底下綠褲紅鞋。鮮艷奪目。忽起忽坐。忽喜忽嗔。

……越顯得柳眉籠翠。檀口含丹。」殘鈔本「鮮艷」

句。作「一對金蓮。忽翹忽並。」「忽嗔」句。無「翠」。作「翡翠」。

丹」作「丹砂」。宜從。

「做出許多萬人不及的風情體態來」戚本句下有「哄的男子們垂涎落魄。欲近不能。欲遠不舍。迷離顛倒。他以為樂」宜刪。

「這如何當作安身樂業的處所」。戚本句下。有「趁如今我不叫他們取樂。作踐准折。到那時白落個臭名。後悔無及」。宜增。

「三姐兒道。別只在眼前想。姐姐只在五年前想就是了。「残鈔本別「二」句作「姐姐。」別只在跟前想就是了。」宜從。改三姐是年十六歲。「五年前」前年僅十一。次不能擇夫也。

「三」人指不過一個理字去了。戚本「三」人指作「天」下。「逃」宜從。

「一」共四個。死的嫁的時。」戚本「死的時」句作「嫁人的嫁人。」死的死了。宜從。

「我們家這位寡婦奶奶第一個善德人。不管事」

「我們」句下。有「他的渾名兒叫做大菩薩」。「不管事」作「我們家的規矩大又大。寡婦奶奶不管事。只宜清淨守節。好在姑娘們又多。」宜從。

「我們大姑娘。不用說。是好的了。二姑娘混名二木頭。」戚本「是好的了」下。有「但凡不好也沒這麼大福了。」「二姑」句下。有「戳十針也不噯喲一聲。」宜從。

「三姑娘的混名兒叫玫瑰花兒。又紅又香。無人不愛。只是有利戳手。戚本「三姑」句下。有「尤氏姐妹忙問何意。與兒笑道。玫瑰花。」「只是」句下。有「也是一味神道。宜從。

「真是天上下少有。一位是是我們姑太太的女孩兒。姓林。一位是姨太太的女孩兒。姓薛。」戚本「真是」句。作「真是天上少有。地下無雙。」「姓林」和。有作名叫什麼黛玉。面龐身材段合三姨不差什麼。一肚子文章。只是一身多病。這樣的天。還穿夾的。

好著出來風兒一吹就倒了。我們這起沒王法的嘴。都悄悄的叫他病西施。還有一位姨太太的女孩兒。姓薛叫寶釵。竟是雪堆出來的。殘鈔本「還穿夾的」作「早穿棉的」。均宜從。「我們連氣兒也不敢出」。戚本作「我們鬼使神差見了他們兩個。不敢出氣兒」宜從。

第六十六回。「情小妹恥情歸地府。冷二郎心冷入空門」。殘鈔本上句作「癡三姐情癡歸地府」。宜從。

鮑二家說與兒「這些話。倒像是寶玉的人。」殘鈔本作「這些混話倒像是跟寶玉二爺的人」宜從。

「誰不是學裏的師老爺嚴嚴的管著念書」戚本作「誰不是寒窗十載」宜從。

「有一遭見了我們喜歡時」戚本作「有一時喜歡見了我們時」宜從。

尤三姐說「咱們也是見過他一面兩面的」戚本

也是」作「又不是」宜從。

「只低了頭吃瓜子兒」戚本「吃」作「嗑」宜從。

尤二姐兒笑道。說來話長。五年前我們老娘家做生日。……舊年聞得這人惹下禍逃走了」殘鈔本「話長」作「好笑」「五年前」作「舊年」「舊年」二字無。宜從。

湘蓮說。「等弟探過姑母。不過月中就進京的」殘鈔本「月中」作「中秋」宜從。

「及至等出来看時」。殘鈔本「等」作「拔」，宜從。

「誰知八月內」。湘蓮方進了京。先來拜見」薛姨媽。又要見薛蟠。方知薛蟠不慣風霜。不服水土。一進京時。便病倒在牀。請醫調治。聽見湘蓮來了。請入臥室相見。薛姨媽已不念舊事。殘鈔本「八月內」作「九月初」。「先來」九句。作「先來見薛蟠。又要拜見薛姨媽。薛姨媽便請湘蓮進內室相見。此不提舊事」宜從。薛蟠因家方患「水土不服」病症。與下回「親找湘蓮」均不合理。

「我在那裏和他們混了一個月。」戚本「一」作「兩」。宜從。（賈敬四月十六日病故。）五月初移柩至家。六月出殯。確有兩月。

湘蓮「心中想著。若找薛蟠。一則他病著。二則他又浮躁。」殘鈔本「若找」三句。作「要找薛蟠。又怕他性情浮躁。難於說話。」宜從。

「玉山傾倒再難扶。」戚本句下有「芳魂靈蕙性。渺渺冥冥。不知那裏去了。」宜增。

「正说之间。只听得隐隐一阵环珮之声。尤三姐从那边走来了。」戚本「只听」二句。作「只见薛蟠的小厮寻他家去。那湘莲只管出神。小厮带他到新房之中十分齐整。忽听环珮叮当。尤三姐从外而入。」宜从。

「素日痴情待君五年。」残钞本「五年」作「多时。」宜从。

「湘莲不舍。忙欲上来问时。那尤三姐一扬手便自去了。」戚本「那尤」句。作「那尤三姐便说。来自情。天去自情地。生前誤被情惑。今既恥情而覺。與君兩無干涉。說畢一陣香風。無蹤無跡去了。」宜從。

第六十七回。「見土儀顰卿思故里。聞秘事鳳姐訊家童。」戚本作「餽土物顰卿思故里。訊家童鳳姐蓄陰謀。」宜從。

「忽見家中小廝說道。三姐兒自盡了。被小丫頭們聽見。告知薛姨媽。」戚本作「忽有家中小廝見薛姨媽。告知尤三姐自刎與湘蓮道走出家了的消息。」宜從。

「這也是他們前生命定。」戚本句下有「活該」不是夫妻。宜增。

寶釵說。「媽也不必為他們傷感了。倒是自從哥哥打江南回來了一二十日。販了來的貨物。想來也該發完了。那同伴去的夥計們。辛辛苦苦的往來幾個月了。」戚本媽也「向」無「了」字。下有「損了自己的身子。「一二十日」作「許多日。」殘鈔本「幾個月」作「將近一年。」均宜從。

薛蟠說。媽可知道柳二哥尤三姐的事麽。殘鈔本「二哥」作「湘蓮。」宜從。薛蟠與湘蓮。在四十七回中。書自稱「哥哥。」本回有「義弟」語。決無稱「哥」之理。此處出于閒話。竟稱「湘蓮。」尚無不妥。

薛姨媽道。這越發奇了。」殘鈔本「這越」句上。有「我只聽見說他走了。還不知道他出家呢。可是」直從。

「為知他這一出家。不是得了好處呢」。戚本「不是」句下。有「你也不必太過慮了」。宜增。

「咱們家沒人。俗語說的房在兒先飛」。戚本「偺們」句。作「偺們家裏沒人手兒」。「房」作「巢」。宜從。

「受了四五個月的辛苦」。殘鈔本「四五」作「十來」。宜從。

「為各處發賞。鬧得腦袋都大了。又為柳二哥的。事」戚本「腦袋都大了」作「頭暈」。殘鈔本「二哥」作「湘蓮」。宜從。

「想是在路上。叫人把魂嚇掉了」。戚本「叫人」作「叫賊」。宜從。

「到底是什麼東西。這樣捆著綁著的」。戚本「綁著」作「夾著」。宜從。與前後文「夾板」句應。

「紫鵑忙說。請二爺進來罷。只見寶玉進房來了」。戚本「請二」句。作「快請」。請話猶未畢。「寶玉」下有「已」字。

宜從。
寶玉(便)問妹妹。又是誰氣著你了。黛玉勉强笑道。
誰生什麼氣。氣旁邊紫鵑向(將當)牀後桌上一努。殘鈔
本「氣著你了」作「得罪了你」。黛玉二句。作「你看眼
都哭紅了。黛玉也(不)答言」牀後二字。無。宜從。
「那裏這些東西。不是妹妹要開雜貨鋪麼。黛
玉也不答言。」殘鈔本「那裏」句。作「擺著這些東西
做什麼。「不是」作「想是。」也不答言」作「只是不理。」直

從○也」知寶玉是為自己開心○也不好推○也不好任○戚本無此三句○宜刪○「寶玉忙走到牀前○殘鈔本作「寶玉忙將東西擱到牀上○宜從○寶釵說○「這兩日纔覺著好些了○黛玉道○姐姐說的何嘗不是○我也是這麼想著呢○戚本「黛玉」三句○作「妹妹別怪我說○越怕越有鬼○寶玉聽說○忙

問道。寶姐姐。鬼在那裏呢。我怎麼看不見一個鬼。惹的衆人哄聲大笑。寶釵說道。歎小爺這是比喻的話。那裏真有鬼呢。認真的果有鬼。你又該唬的哭了。黛玉笑道。姐姐說的很是。很該說他。誰呌他」他嘴快。寶玉說。有人說我的不是。你就樂了。你這會子心裏也不換擺了」宜從。

「怨不得別人都說那寶丫頭好。」戚本「丫頭」作「姑娘。」宜從。喜則「寶姑娘。」怒則「林丫頭」的是趙姨娘口吻。

「連我們這樣沒時運的」戚本作「連我們搭拉嘴子。」

「若是那林丫頭。他把我們娘兒們正眼也不瞧。那裏還肯送我們東西。」戚本「他把」二句作「他只褓着那有錢有勢力有體面的人頭兒跟前纔送去。那裏還輪的到我們娘兒們身上呢。可見人會行事。真真露着各別另樣的好。」宜從。

「難爲寶姑娘這麼年輕的人。想得這樣週到。真是大戶人家的姑娘。又展樣又大方。怎麼叫人不敬服。捨不得老太太和太太成日家都誇他疼他。」戚本「真是」五句。作「我還給了送東西的小丫頭二百錢。」聽見說姨太太也給太太送來了。不知是什麼東西。你們瞧瞧這一個門裏頭。兒這就是兩分兒。能多少呢。「捨不」句下。有罷然招人愛」直從。

「王夫人聽了。早知道來意了。又見他說的不倫不類。也不便他不理他。說道「咸本「早知」四句。作「頭也沒指。手也沒伸。只口內說一聲。「直從「將東西丟在一邊。嘴裏喃喃咕嚷嚷。自言自語道。這個又算了。個什麼兒兒呢。一面坐著。咸本「嘴裏」四句。作說了許多夢兒三巴兒四。不著要的一套閑話。也無人問他。他卻自己咕嘟著嘴。一邊子生著。直從。

「却是為寶姐姐送了他來西。「殘鈔本「姐姐」作「姑娘」宜從。是寶玉對麝月口氣。

「那時是夏末秋初。池中藕新殘，相間紅綠離披」。殘鈔本作「那時正是深秋節候。池中藕老菱殘。岸上芙蓉已謝。一片片落了滿地」宜從。據上文賈璉再到平安州已是九月。非夏末秋初也。

「有人拿著彈子。在那裏彈什麼呢」。戚本「在那裏」句。作「在那裏動手動腳的。因迎著日光。看不真切」

宜從。

「今年三伏裏雨水少。這菓子樹上都有蟲子。把菓吃得流星兒似的。掉下好些下來。姑娘還不知道呢」殘鈔本「三伏裏」三字。無。戚本「這菓」四句。作「不知怎麼果木樹上長蟲子。把果子吃的巴拉眼睛的。掉下了好些下來。可惜了的白擲了。就是這葡萄。剛成了珠兒。怪好看的」。宜從。

「你倒是告訴買辦。叫他多多做些小稀布口袋兒。」殘鈔本「你倒是多做些冷布口袋兒。」宜從。採春等原議不向外頭歸賬。何如又叫買辦作口袋。

「豐兒端進茶來。襲人欠身道。妹妹生著罷。一面說閒話兒。」戚本「欠身」十四字。作「一面站起接過茶來吃著。一面回頭看見床沿上放著一個活計簸籮兒。內裝著一個大紅洋錦的小兜肚。襲人說。奶奶一天七事八事的。忙的不了。還有工夫作活計麼。鳳姐說。我本來不會作什麼。如今病了才好。兼著家務事。鬧個不清。那裏還有工夫做這些呢。要緊的我都丟開了。這是我往老太太屋裏請安去。正遇見薛姨太太。送老太太這些花紅柳綠的。到對給小孩子們。做小衣小裳兒的。穿著到好頑呢。因此我就問老祖宗討了來了。還惹得老祖宗說了好些頑話。說我是老太太的命中小人。見了什麼要什麼。見了什麽拏什麼。惹的眾人都笑了。你是知道我是臉皮兒厚。不怕說的人。老祖宗只管說我只管粧不聽見。所以才交給平兒。給巧姐兒先作件小兠肚穿著。還剩下的。等消閒有工夫。再做別的。襲人聽畢笑道。也就是奶奶才能勾嘔的老祖宗喜歡罷咧。(此句下刪去八字又說道。巧姐兒姐兒那裏去了。我怎麽這半日沒見他。平兒說。方才寶姑娘那裏。送了些頑的東西來。他一見

了狠。希罕就擺弄頑了好一會子。他奶媽子才
抱了出來。想是乏了。睡覺去了。襲人說。巧姐兒
比先前自然越發會頑了。平兒說。小臉蛋子。吃
的銀盆似的。見了人就趕著笑。再不得罪人。真
真的是我們奶奶的解悶的寶疙瘩兒。宜從
「只見一個小丫頭兒在外間屋裏。殘鈔本句上有悄悄的和平兒說
「鳳姐說。寶兄弟在屋裏做什麼呢。襲人道。二爺
往林姑娘那裏去了。正說著。宜從有下悄悄的和平兒說出

此條刪併
是指遺

作「叫平兒出來。悄悄的說道」宜從。襲人知他們有事。又說了兩句話。便起身要走。鳳姐道。閒來坐坐。說說話兒。我倒開心。因命平兒送送你妹妹。平兒答應著送出來。殘鈔本「又說」可。無「閒來」五句。作「坐坐再去。襲人道。我來了好半天了。別叫他們抱怨。說我屁股沉到那裏就坐住了。說罷便站起來告辭。平兒送了出來。」直從。

這裏鳳姐纔和平兒說。你都聽見了。這纔好呢。殘鈔本這纔。句作這。珍大爺。我要罵也罵不出口來。他那府裏的醜名兒已經穀人說不的了。必定也叫兄弟跟著他學。纔好顯不出他的醜來。這是什麼做哥哥的道理。自己撒泡尿也該浸死了。珍大奶奶更好矣。一個妹子〔爛桃子〕。也不知要給幾家纔好。既許了張家。又嫁了賈家。難道天下的男人。只有賈家是好的不成。幸而他那小妹子。

知道好歹。死了。若是不死。將來不是嫁寶玉。就是嫁環哥兒。那纔好呢」宜從。

第六十八回。「苦尤娘賺入大觀園。酸鳳姐大鬧寧國府。」戚本「大鬧」作「鬧翻」。宜從。

「回程已是將近兩個月的限了。」殘鈔本句下有「此是後話不提。」宜從。賈璉再到平安州。約在九月下旬。「將近兩月回來。」則是冬月下旬矣。

「誰知鳳姐早已心下算定。只待賈璉前腳走了同來。便傳各色匠役。收拾東廂房三間。鳳姐訊家童已在賈璉出門之後。「只待」句費解。殘鈔本「誰知」二句。作「且說鳳姐主意已定。便命來旺來。吩咐他明日傳喚匠役」。宜從。「至十四日。便回明賈母王夫人說。十五日一早要到姑子廟進香去」。當是十月十四十五日。「興兒笑道。快回二奶奶去」。殘鈔本「笑道」作「悄悄說道」。宜從。

「身」工月白段襖。青段子掐銀綫的褂子。戚本作「身」工月白緞襖。青緞披風。宜從。「果」然生個一男半女。連我後來都有靠。「鳳」姐已有巧姐。非此從來生育之人。殘勘本「果然」句。作「果」然早生個男孩兒。宜從。「鳳」姐又使去將他的了頭一概退出。戚本「便」去作「變」法。宜從。「銀」子上千錢上萬。一日都從他一個手一個心一個嘴裏調皮」戚本此三句無。可刪。

「女婿現在才十九歲。尤二姐與張華指腹為婚。當係同年。此係刪節見下句

「諸天下死絕了男人了。」戚本「諸」作「普」。宜從。

「這會子被人告我們。」戚本句下又有「我又是個沒腳蟹。」可憎。

賈蓉忙叩頭說道。「嬸娘別動氣。」戚本「嬸娘」句下。有「仔細手」三字。宜從。

以後可還再顧三不顧四的不了。以後還單聽叔叔的話。不聽嬸娘的話不了」。底本「不了」作「混管閒事了。麼「話不了」作「話麼」。宜從。

問親大爺的。孝才五七。姪兒娶親」。實欲死。是四月十六日。娶尤二姐。是七月初三日。不特過五七。且盡七矣。殘鈔本「才五七」作「還沒過百日」。宜從。

「我願意娶來做二房。皆因家中父母姊妹親迎。

一概死了。日子又難。不能度。日。若等百日之後。無家無業。實在難等」此時已是十月。國孝家孝。均過百日。殘鈔本皆因七句」作「皆因父親早亡。家業凋敝。如今老母親妹。又復亡故。若等一年孝滿。家中無人照管。實難度日。」直從

第六十九回「弄小巧用借劍殺人。覺大限吞生金自逝。」殘鈔本作「弄小巧王熙鳳借劍。知大限尤二姐吞金」直從。

「話說尤二姐聽了。又感謝不盡。」戚本「聽了」下。有
「鳳姐之言。」無「又」字。宜從。
「太太雖過了。再見禮。」戚本「太太」上。有「等給老」三
字。宜從。
「那賈璉一日事畢回來。先到了新屋中。已經靜
悄悄的關鎖。只有一個看房子的老頭兒。賈璉
問起原委故。老頭兒細說原委。賈璉只在鐙中跺足。」殘鈔本作「那賈璉
一日事畢回來。先到了小花枝巷。只見另住著

新搬來的人家。問他幾時搬來的。他說。這是榮府璉二奶奶的梯己屋兒。咱們從他管家來二爺手裏租來的。没多日兒。問他前住的人。他說。那是璉二爺的姨奶奶。璉二奶奶早把他接進去享福去了。賈璉聽了急的只是跺脚。直從賈璉見了賈母。合家衆人。回來見了鳳姐。未免臉上有些悔色。誰知鳳姐反不似往日容顏。同尤二姐一同出來。」殘鈔本「回」「來」四句。作「回房來見鳳姐。心中着實躊躇。不知如何是好。誰知才進了「院門。鳳姐早拉着尤二姐的手嘻嘻哈哈的迎了出來」直從。鳳姐「一面帶了秋桐。來見賈母與王夫人等」殘鈔本「人等」下。賈母也沒說別的。只吩咐等滿了孝。先把我給的尤丫頭圓過房。再和這丫頭圓房」直從。

做」女孩兒就不乾淨。又和姐夫來往。」戚本「來往」

「有些首尾。」宜從。

「衆了頭媳婦。無不言三語四。指桑說槐。暗相譏刺」。殘鈔本「指桑說槐」無。宜從。

秋桐「豈容那先姦後娶沒漢子要的婦女」。殘鈔本作「豈容那私娶的尤二姐佔他的强」。更是背前背後指桑駡槐的」宜從。

平兒「又暗恨秋桐。園中一干人暗為尤二姐躭心」。戚本「園中」句作「難以出口。園中姊妹如李紈迎春階春壽人。皆說謂鳳姐是好好意。又然寶黛一干人。暗為二姐耽心。宜從。賈璉每懷不軌之心。只未敢下和。歲未下手下。有如這秋桐輩壽人。皆是很老爺壽邁昏憒貪多齡不爛漫的留下這些人作什麼。因此除了幾個知禮有恥的。餘者或老合二門上小子們銅戲的。甚至和賈璉眉來眼去。相偷期約的。只懼賈赦之威。未敢能到手。這秋桐便合賈璉有意。從未未過一次。」宜修改增入。

「賈母聽了。便說人太生嬌俏了。」戚本「嬌俏」作「俊」。宜從。與前「優不俊」語相應。

「也鬧了一個煎藥方子。並調元散鬱的丸藥方子。」戚本無此二句。宜删。

「鳳姐又做湯做水的着人送去與二姐吃。」戚本「着人」下有「又」萬年覺不是個有福的。也和我一樣。我因多病了。你卻無病也不見懷個胎。如令二奶奶這樣。皆因咱們無福。或犯了什麼沖的他這樣。宜從「又叫人出去算命占卦。偏算命的回來。又說係屬雞的陰人沖犯了。大家算起來。只有秋桐一人屬雞。殘鈔本作「又叫了一個婆子出去替他找個瞎子算命。瞎子推算一番。說道。本命屬羊。是屬猴的陰人沖犯了。婆子問他原故。瞎子說道。命理精微。說出來你也不懂。你只看那敲鑼要把戲的。不是猴子騎綿羊麼。羊被猴子騎著。可不是他冲犯了。婆子回來了。鳳姐。鳳姐算了一算。只有秋桐屬猴。是年壬子。二姐屬羊。是年十八歲。與張華指腹為婚。當係同年。上回說張華十九歲。或者生時湊巧。一個年內一個年外。張竟虛大一歲也。至秋桐十七歲。雖是屬猴。秋桐說。「理那起餓不死的雜種混賣舌根」殘鈔本「雜種」上有「瞎」字。宜從。

「為個外來的攆他。連老子都沒了。」戚本「沒了」下。有「你要攆他。不如還你父親去倒好。」宜增。「當下人不知鬼不覺」殘鈔本無此八字。可刪。「到第二日早晨」殘鈔本句上。有「襲人媳婦們雖然聽見些響動。也不理他。」宜增。「賈璉忙命人去梨香院。收拾停靈將二姐兒抬上去」戚本作「賈璉忙命人去開了梨香院的門。收拾出正房三間來停靈。賈璉嫌後門出靈不便對著正牆開了一個大門。兩邊搭棚。安壇場。做佛事用。軟榻鋪了錦緞衾褥。將二姐抬上榻去」宜從。「抬往梨香院來。那裏已請下天文生。」戚本「抬往」上。有「從內子牆一帶」。文生下。有猫「預」。備揭起衾單一看。只見這二姐面色如生。比活著還美貌。賈璉又摟著大哭。只叫奶奶你死的不明。都是我坑了你。賈蓉忙上來勸。叔叔解著些兒。我這個姨娘自己没福。說著。又向南指大觀園的界牆。賈璉會意。只悄悄跌脚說。我想著了。終究查對出來。我替你報仇。天文生回說。奶奶卒於今日「正卯時」宜修改增入。「小喪不敢久停」戚本句下有「等到外頭。還放五七。做大道場。纔掩靈。明年往南去下葬」宜從。「賈璉忙進去找鳳姐。要銀子治備辦喪禮」殘鈔本「喪禮」作「棺木」宜從。

「我病著忘三房。」戚本「三房」作「三室」。殘鈔本作「襄房」。

「咱們的餉月例。一月趕不上一月。昨兒我把兩個金項圈當了三百兩。閑剩了還有二十幾兩。」戚本「一月勾不。有雜兒吃了過年的禮。」「三百兩」作「三百銀。子」「閑剩的」作「你還做夢呢。這裏還有二三十兩銀子。」宜從。

平兒「連忙將二百兩一包碎銀。偷了出來。」戚本

「出来」○下有「到廂房拉住賈璉」○直從○
賈璉」又將一條汗巾○遮與平兒○道怎(這)是他家常
繫的」○戚本「汗巾」作「裙子」○「繫」作「穿」○
「賈璉有了銀子○命人買板進来○連夜趕造一面
分派人口守靈」○戚本「賈璉」二句○作「賈璉得了銀子○
與衣服走来○命人先去買板○好的又(太)貴○中的又
不要○賈璉騎馬自己去要瞧○至晚間○果抬了一副
好板来○價銀五百兩○賒著」○「人口」下有「穿孝」二字○

宜從。

第七十回。就尤三姐之上點了一個穴。破土安葬。即日送殯。只不過族中人與王姓夫婦尤氏婆媳而已。殘鈔本就「在」句作「就尤老娘之上下。尤三姐之左。點了一個穴。即成品字形式。「王」姓夫婦。無「王」姓夫婦。宜從。究係何人。與賈尤二家何干。殊不可解。不如刪去。

共有八個二十五歲的單身小廝。歲本二十五

作廿八」「春燕忙應道。有。我在地下拾起來」戚本「有」作「有。有。有。」宜從

「碧月道。我們奶奶不頑。把兩個姨娘和姑娘也都拘住了。」戚本「和姑」句。作合琴姑娘也擯住了。宜從。

「見湘雲又打發了翠縷來說。請二爺快去瞧好詩。」戚本「好詩」下。有「寶玉聽了忙問那裏的好詩。

翠縷笑道。姑娘們都在沁芳亭上。你去了便知。」宜從。」是與下文「都在那裏注腳。

「如今正是初春時節。萬物更新……如今恰好萬物逢春。」此時已是三月初一。尚云「初春」「逢春」。於理不合。」殘鈔本「如今」二句。作「如今春光明媚。羣芳競放。」「如今」一句。作「如今是盡春天氣。萬物興旺。」宜從。

「風透簾櫳花滿庭。」戚本「簾櫳」作「湘簾。」

「樹樹堋封一萬株。烘照樓壁紅凝糊」戚本「樹樹」作「霧裏。烘照句。作「烘樓照壁紅糢糊」宜從。

倆生這日王子騰之女許與保甯侯之子爲妻。擇于五月間過門」戚本「五月間」作「五月初十日」宜從。

「襲人道。書還是第二件」戚本「書還」句。作「書是第一件。字是第二件」宜從。

纔有五百六十幾篇。這二三年的工夫。難道只有這幾張字不成」。戚本「纔有」句。作「纔有五六十篇」。殘鈔本「二三年」作「兩年」。宜從。賈政辛亥七月出門。癸丑七月回來。却是「兩年」。「春香就著賈政順路查看賑濟回來如此算去。七月底方回」。殘鈔本無「底」字。宜從。賈政回來。明言夏末秋初。又料理賈母生日事多日。不能云「七月底方回」也。「豈是繡綫纔吐」。戚本「纔吐」作「殘吐」。宜從。

「寶釵炷了一枝夢甜香。」戚本作「寶釵便拈得了臨江仙。寶琴拈得了西江月。探春拈得了南柯子。黛玉拈得了唐多令。寶玉拈得了蝶戀花。又紫鵑炷了一枝夢甜香」宜從。

探春笑道。今晚這香怎麼這樣快。」戚本「今晚」句上有「愛嗎」。句下有「只剩了三分了。」宜從。

寶玉「回頭看香。已盡了。」戚本「已」下有「將」字。宜從。

上面却只半首南柯子。寫道是。戚本「南柯子」在

「寫道是」下，宜從。「紛墮百花洲」戚本「紛」作「粉」，宜從。「黛玉笑道，可是呢」戚本句下有「知道是誰放晦氣的，快掉出去罷」，宜從，引起下文。「把咱們的拿出來，咱們也放放晦氣」戚本「晦氣」下，有「紫鵑聽了，趕令小丫頭們將這風箏送出與園門上值日的婆子去了，倘有人來找，好與他們去的」，可惜。

丫頭們聽見放風箏。…………都忙著拏出來。也有美人兒的。也有沙雁兒的。丫頭們搬高墩。捆剪子股兒。一面撥起籰子來。戚本「丫頭們」作「這裏小丫頭們」都忙」去。」作「都忙著拏出一個美人風箏來。也有搬高櫈的。也有捆剪子股的。也有撥籰子的」宜從。

「寶釵回頭向翠墨笑道。你去把你們的拏來也放放。」殘鈔本作「寶釵笑道。果然。因回頭笑向翠墨說。

你去把你們的筝來也放一放。翠墨笑嘻嘻的取去了」。宜從「此時探春的也取了來了。丫頭們在那山坡上已放起來。寶琴叫丫頭放起一個大蝙蝠來。寶釵也放起個一連七個大雁來。戚本「丫頭們作「翠墨帶著幾個小丫頭子們」。「寶琴」二句。作「寶琴也命人將自己的一個大紅蝙蝠取來。寶釵也高興。也取了一個來。却是一連七個大雁。都放起来了。宜從。
「黛玉笑道那兒項綫不好。拿去叫人換好了。就
好放了。再取一個來放罷」。戚本「拿去」三句作「拿
出去另打項綫就好了」。寶玉一面使人拿出去
去另打項綫。一面又取出一個來放」。宜從。殘鈔
本「又取出一個」下有「美人」二字宜增。
「寶玉等大家都仰面看天上。這幾個風箏起在
空中。一時風緊。眾丫頭都用手帕墊手。黛玉果
見風力緊大。過去將籰子一鬆。只聽得一陣豁喇喇

響。登時綫盡。風箏隨風去了。黛玉因讓衆人來放。衆人都說。林姑娘的病根兒都放了去了。咱們大家都放了罷。於是丫頭們拿過一把剪子來。鉸斷了綫。那風箏都飄飄颻颻的隨風而去。一時只有雞蛋大。一展眼只剩了一點黑星兒。一會兒就不見了。衆人仰面說道。有趣。有趣。說着。有丫頭來請吃飯。大家方散。戚本寶玉等三字。無起在二字。說〔方發〕着作都起在半空中去了。一時了環們又都拏了許多各式各樣的送飯的頑了一回。紫鵑笑道。這一回的勁天了。姑娘來放罷。黛玉聽說。用手帕墊著手。頓了一頓。果然風緊力大。接過籰了來。隨著風箏的勢。將籰了一鬆。只聽一陣豁喇喇響。登時籰子線盡。黛玉因讓眾人來放。眾人都笑道。各人都有。你先請罷。黛玉笑道。這一放雖有趣。只是不忍。李紈笑道。放風箏圖的是這一樂。所以又說放晦氣。你更該多放些。把你這病根兒都帶了去就好了。紫鵑笑道。我們姑娘越發小器了。那一個不放幾個子。今日忽然又心疼了。姑娘不放。等我放。說着。便向雪雁手中接過一把西洋小銀剪子來。齊籰子根下寸絲不留。咯噔一聲鉸斷。笑道。這一去。把病根兒可都帶了去了。那風箏飄飄飖飖。只管往後退了去。一時只有雞蛋大小。轉眼只剩了一點。再轉眼不見了。衆人皆仰面睃眼說。

有趣。有趣。賈玉道。可惜不知落在那裏去了。若落在有人烟處。被小孩子得了還好。若落在荒郊野外無人烟處。我替他寂寞。想起來把這個也放去。叫他兩個作伴兒罷了。於是也用剪子剪斷。照先放了。探春正要剪自己的鳳凰。見天上也有一個鳳凰。因道。這也不知是誰家的。衆人皆笑說。且別剪你的。看他到像要來絞的樣兒。說着。只見那個鳳凰漸逼近來。遂與這鳳凰絞在一處。衆人方要往下收線。那一家也要收線。正不開交。又見一個門扇大的玲瓏喜字帶響在半天如鐘鳴一般。也逼近來。衆人笑道。這個也來絞。絞且别收。讓他三個絞在一處。到有趣呢。說着。那喜字果然與這兩個鳳凰絞在一處。三下齊收亂頓。誰知線都斷了。那三個風箏飄飄颻颻都去了。衆人拍手哄然一笑。說道有趣。可不知那個喜字是誰家的。忒促狹了些兒玉說。我的風箏也放了。我也乏了。我也要歇歇去了。寶釵說。且等我們放了去。大家好散。說著。看姊妹都放去了。大家方散。此段極佳。且有深意。高氏大刪特刪。所存不知云何。真可謂無識矣。

從此寶玉的工課。也不敢像先竟殘鈔本作從此丟在頸子後頭了。殘鈔本作從此寶玉怕賈政回家查問工課。也不敢像先前游蕩了。宜從。

一日賈母處兩個小丫頭。「殘鈔本作「一日寶玉午後無事。要往瀟湘館瞧瞧黛玉。出了怡紅院。行至沁芳橋上。往下一望。只見荷葉已將殘上來了。倒是芙蓉近著河邊。都發了紅鋪鋪的咕嘟子。襯著翠綠的葉兒。令人可愛。寶玉一面看。一面走下橋來。迎頭見李紈的丫頭素雲。跟著個老婆子。手裏提著個洋漆盒兒。寶玉問道。那裏去。是什麼東西。素雲道。是我們奶奶給三姑娘送去的菱角雞頭○寶玉道○是咱們園子裏的○還是外頭買來的呢○素雲道○我們房裏劉媽媽○請假回家去○帶來孝敬奶奶的○因為三姑娘在我們那裏○我們奶奶叫人剝了○讓他吃○他說才吃了熱茶了○不吃○過一會兒再吃罷○故此給三姑娘送了家去○說罷去了○寶玉正要往前走○只見賈母處兩個小丫頭○」故戚喜○本六十七回○因有此段○是六十七回同襲人遇素雲措時序不合○殘鈔本

移入此回。無疵可議矣。

第七十一回。賈政「又近因在外幾年骨肉離異」。

殘鈔本「幾年」作「兩年」。宜從

「因今歲八月初三日。乃賈母八旬大慶」。戚本「初

三」作「初二」。

「恐筵宴排設不開。便早同賈赦及賈璉等商議」。

戚本「賈璉」上有「賈珍」二字。宜從。

「榮國府中單請官客。寧國府中單請堂客」。殘鈔

本作「榮國府中單請堂客甯國府中單請官客」宜從。與下文「甯府只有南安王等榮府南安太妃等」相合。

「欽賜金玉如意一柄。……帑銀五百兩」戚本「如意」下有「各」字。「五百」作「千」。宜從。

元春「金錠一對。……玉杯四雙。」戚本「一對」作「二對」。「四雙」作「四隻」。宜從。

一」時參了場臺下一色十二個未留髮的小了

頭都是小厮打扮垂手伺候。戚本作「一時臺上參了場臺下一十二個未留髮的小厮伺候」宜從。

寶釵姊妹與黛玉湘雲五人。來至園中。戚本「湘雲」下有「探春」宜從。

早有人將備用禮物打點出幾分來。金玉戒指各五個。腕香珠五串。戚本「幾分」作「兩分」。「腕香」句作「各串五副」宜從。

「賈赦賈政賈珍還禮。看待至甯府望席」殘鈔本「賈珍」在「看待」上。「看待」作「款待」宜從。

「尤氏想起二姐兒在時。多承平兒照應。便點著頭兒說道。好丫頭。你這樣好心人。兒難為你在這裏熬。平兒把眼圈一紅。拏别的話岔過去」戚本無此一段。宜刪。尤氏與二姐雖屬姊妹而感情本極平常。況值此「餓的受不得」之時。更無念及之理。高氏心血來潮。憑空加此一段。已覺可笑。而無識者且從而歎譽之。更不可解矣。

二「則被這丫頭揭著弊病。……各門各戶的。你有本事排揎你們那邊的人去。」戚本「揭著弊病作「揭挑急了。」「各門」句。作「什麼清水下雜麵。你吃我也見的事。「排揎」作「排場。」「直從」。（各家門戶 呂刀家戶。）

「因遇見了襲人寶琴湘雲三人。……先到怡紅院。襲人裝了幾樣葷素點心出來。」殘鈔本「因遇句。作「先到怡紅院。見岫烟寶琴湘雲三人。」「先到怡紅院。無。宜從。
周瑞家說。氣壞了奶奶了。戚本句下有「我們家
裏。如今慣的大不堪了。」宜增。
「前兒二奶奶還分付過的。今兒就沒了。」人。戚本
「前兒」句。作「前兒二奶奶吩咐過了他們了。說這
幾日事多人雜。一晚就關門吹燈。不是園裏的
人。不許放進去。」宜增。
說各門。
「誰叫他們各戶的話我已經叫他們吹燈關門

吃。奶奶也別生氣了。」戚本作「誰叫他們說這各家門各家户的話我已經叫他們吹了燈關上正門和角門子了」宜從。

一」時周瑞家的出去。便把方才之事回了鳳姐。」戚本同」了」下有「又說。這兩個婆子。好像管家奶奶。時常我們合他說話。都是狠蟲一般。奶奶若不戒飭。大奶奶臉上過不去。」宜增。

鳳姐諱。

捆了送到那府裏。憑大嫂子開發。」殘鈔本「嫂子」作

「奶奶」宜從。

「隨他就完了。什麼大事。戚本「隨他向」作「隨他去

就是了」。「什麼向無宜從。

尤氏道。大約周姐姐說的」。戚本「尤氏道」作「尤氏

笑道。這是那裏的話。只當是你沒去。白問你這

是誰又多事告訴了鳳丫頭。「宜從。

「林之孝家的便笑道。何曾不家去。如此這般進

來了。趙姨娘便道。事也值一個屁……也值得

叫你進來。你快歇歇去。我也不留你吃茶了。戚本「趙姨」二句。作「又」是個齊頭故事。趙姨娘原是個好察聽的。且素日又與管事的女人們扳厚。互相連絡作首尾。方纔之事已經聞得八九。聽林之孝家的如此這般說。便恁般如此告訴了林家的一遍。林之孝家的聽了笑道。原來如此。也值一個「屁也值」三句。作「趙姨娘道。我的嫂子。事雖不大。可見他們太猖狂了些。巴巴兒的傳你進

來。明明的戲弄你。頑耍你。快趾趾。去明兒還看

事呢。也不留你吃茶。去」直從。

「叫親家娘和太太一說」什麼完不了的」。戚本作

叫」親家娘求大太太。什麼完不得的事。」直從。

「這賈瑗子。原是個不大安靜的。便倚牆大罵一

陣。便走來求邢夫人。說他」親家。……等」過兩日還

要打呢。」戚本「原是四句。作「起先也與過時。只因

賈母近來不大與邢夫人。所以連這邊的人。也

減了威勢。凡賈政這邊有些體面的人。那邊皆虎視眈眈。這賈婆子倚老賣老。仗著邢夫人。常吃些酒。嘴裏胡亂罵著出氣。如今賈母慶壽這樣大事。乾看著人家逞才。賣技辦事。呼么喝六的弄手腳。心裏十工早已不自在。雖閑言閑語亂鬧。這邊的人。也不合他較量。如今聽見周瑞家的捆了他親家。越發大上澆油。仗著酒興。指著隔斷的牆。大罵了一陣。便走上來求邢夫人說他親家並沒有不是。「等過」句下。有「我那親家也是七八十歲的老婆子。」宜從。「邢夫人自為要鴛鴦。討了沒意思。賈母冷淡了他。且前日南安太妃來。賈母又單令探春出來。自己心內早已怨忿。又有在側一干小人。心內七平嫉妒。挾怨鳳姐。便挑唆得邢夫人。著實憎惡鳳姐。」鳳本「賈母」九句。作「後來見賈母越發冷淡了他。」鳳姐的體面反勝自己。且前日南安太妃來了。要見他姊妹。賈母又令探春出來。迎春竟似有如無。自己心裏早已悶悶不樂。只是使不出來。又值這一干小人在側。他們心内嫉妬挾怨之事。不敢施展。便背地裏造言生事。調撥主人。先不過是告那邊的奴才。後來漸次告到鳳姐。只說鳳姐只哄著老太太喜歡了。他好就中作威作福。轄治着璉二爺。調唆二太太。把這還正經太太。到不放在心上。後來又告到王夫人。說老太太不喜歡太太○都是二太太合璉二奶奶調唆的○邢夫人總是鐵心銅膽的人○婦人家終不免生些嫌隙之心○近日因此着實惡絕鳳姐○宜從○此段為回目上句之表現○不可多删○

「賈母歪在榻上○只命人說免了「罷」○戚本「了罷」下有「早」已都行完了○「宜」増○

「他」兩個母親素日承鳳姐照顧○願意在園內頑耍○戚本「照顧」下有「也」巴不得一聲兒「願意」上有

「他兩個也」四字。宜從。

邢夫人說。「便不看我的臉。權且看老太太。暫且寬放了他們罷」威本無「便」字。「老太」下有「的」好日子。「暫且寬」作「寬」宜從。

鳳姐」一時斯找尋不著頭腦。逼得臉紫脹。威本找作「撿」。「逼得」。可作「臊的臉紫脹起來」宜從。

休」自然送下來儘我。威本句下有「開發」二字。宜從。

鳳姐「施」了脂粉。方同琥珀過來。殘鈔本「過來」下。有「只見」尤氏合兩個姑子。先在那裏。」宜增。方與下文「拈佛豆」相合。

賈母歪著聽兩個姑子說些因果。殘鈔本句上有「揀完佛豆。鳳姐有事同去。尤氏也」帶著喜鸞四姐兒進園去了。」句下有「姑子也散了。」宜增。

「只見寶琴來了。也就不說了。賈母忽想起留下的喜鸞四姐兒。叫人分付園中婆子們要和家

裏的姑娘們一樣照應○戚本賈母三句○作賈母因
問你在那裏來○寶琴道○在園裏林姐姐屋內○大
家說話來○賈母忽然想起一事○忙喚過一個婆
子來○吩咐他到園裏各處女人跟前○吩咐吩咐○
留下的喜姐兒合四姐兒○雖然窮○合家裏姑娘
們是一樣○大家照看經心些○我知道咱們家的
男男女○女都是一個富貴心○七兩隻體面眼○未必
把他兩人放在眼裏○宜從

「鴛鴦道。罷咧還提鳳丫頭虎丫頭呢。他的爲人
也可憐見兒的。」咸本「還提」二句。作「還提鳳丫頭
呢。他可憐見的」直從。
「我說倒不如小人家。雖然寒素些……我們這
樣人家。人都看着我們。不知千金萬金……殊
不知這裏說不出來的煩難。」咸本「倒不」二句。作
「倒不如小人家。少人少的好。雖甚人少寒苦些。」
「人都二句。作「人多。外頭看著我們。不知我們千

金萬金小姐。「煩難」作「苦難」宜從。

「只見角門虛掩猶未上拴。」戚本「拴」作「閂」。宜從。

「再瞧了一瞧。又有一個人影兒。恍惚像個小廝。」

戚本「再瞧」二句。作「再一回想。那一個人影兒。」宜

從。

「鴛鴦啐了一口。卻羞的一句話兒也說不出來。」

戚本「卻羞」句作「道。要死。要死。」宜從。

「橫豎我不告訴人就是了。你這是怎麼說呢。」戚

本作「你放心。我横竪不告訴一人就是了」宜從。

第七十二回「王熙鳳恃强羞說病，來旺婦倚勢霸成親」。殘鈔本「熙鳳」作「鳳姐」。宜從。

「鴛鴦同房復了賈母的命。大家安息。不提」戚本「不提」作「從此凡晚間便不大往園中來。因思園中尚有這些奇事。何況別處。因此連別處也不大輕走動了」。宜從。

「今日趁亂。方從外進來。初次入港。雖未成雙。却也海誓山盟。」殘鈔本作「往日也曾入港。無奈青天白日怕人撞見。不能十分遂意。可巧賈母做壽。人多事亂。便趁着黑夜溜了進來。正在海誓山盟。」直從為二十七回「司棋繫裙子下一註脚」。「司棋聽了。又氣又急又傷心。……真看男人沒情意。先就走了。」戚本「又氣」句作「氣個倒仰。」「真看」二句作「他自為是男人。先就走了。可見是個沒情意。」聊宜從。

「司棋病重。要往外挪……生我怕我說出來」戚本「挪」作「挪」。「生怕」句下有「方嚇到這樣」。宜從。「倘或咱們散了。已後遇見。我自有報答的去處」。殘鈔本無此三句。畫蛇添足。刪去為是。「鴛鴦」因點頭道。你也是自家要作死。呀我做什麼管你這些事。壞你的名兒。我自去獻勤「兒」殘鈔本「因點」二字作「因悄悄的說道。你放二十四個心罷。我又不是管事的人。何苦壞你的聲名。白去獻勤兒。直從。

「所以他這兩日。天天弄個帖子來鬧得人怪煩的。一語未了。」戚本「鬧得」句作「賴死」直從。

「平兒忙迎出來。賈璉見平兒在東屋裏。便也過這間屋內來。」戚本作「口內喚平兒平兒答應著。纔要出來。賈璉已找至這間房內」直從。

「我正纔要想找姐姐去。因為穿著這袍子熱。先來換了夾袍子。再過去找姐姐去。不想老天爺可憐。

有我走一趟」。戚本無「夾」字。「不想」二句。作「不想天可憐有我走這一淌。姐姐先在這裏等我了。」據此，「襖夾袍」是賈璉已穿綿袍矣。北方雖早寒，如賈璉年少，九月初八似尚無需穿綿。刪去「夾」字最妥。平兒說，「奶奶已經打發人出去說過他們發昏沒說上」。戚本「說過」下有「給了這屋裏了」。「宜增「那」是什麼好東西。戚本句下有「什麼沒有的物兒」。宜增。

又有要預備娘娘的重陽節。「中秋」未過。「重陽」尚早。若「半月有銀子來。」無須借當矣。殘鈔本「重陽節」作「中秋節禮。」宜從。

「寧撞金鐘一下。不打鐃鈸三千。」戚本「鐃鈸」作「破鼓。」

鳳姐說。「可知沒家親引不出外鬼來。」戚本「鬼來」下。「有我們王家。可那裏來的錢。都是你們賈家賺的。別叫我惡心了。」宜增。

「我因為想著後日是尤二姐的週年」殘鈔本「週年」作「生日」宜從。二姐之死。在去年臘月。此時是八月。非「週年」也。今日是八月十一日。則二姐後日「生日」是十三日矣。

「也」別要前人撒土迷了後人的眼。纔是。又賈璉半晌方道。難為你想著得週全。鳳姐一語。倒把賈璉說沒了話。低頭打算說」。戚本「纔是」至算說」。作「這一語。倒把賈璉說沒了話。低頭打算半晌方說道○難爲你想着○想的週全○我竟忘了○宜從○來旺家說「若收了時○我也是一場癡心白使了○鳳姐道○我真個的還等錢做什麽○」戚本「若此」句下○有「公道」說○我們還有些事○不大得罪人○鳳姐冷笑道○」「鳳姐道」三字○無○宜從○

「我和你姑爺一月的月錢○再連上四個丫頭的月錢○通共一二十兩銀子○」戚本「再連」句○無○宜從○丫頭月錢○須發給○不能沒收也○

「將來再過一年便搜尋到頭面衣服可就好了。」戚本「一年」作「幾年」。直從。賈璉說兩付。只怕將來有事。偺們甯可疏遠著他好。戚本作「將來有事。只怕未必不連累偺們甯可疏遠著他好」。直從。

「林之孝答應了。卻不動身。坐在椅子上。再說閒話。……人口太衆了。不如揀個空日。回明老太太老爺。戚本「坐在」二句作「坐在下面椅子上」且說些閒話」。不如二句。作「不如減些。好回回老太太老爺」宜從。

況且裏頭的女孩子們。一半都大了。也該配人的配人。成了房。豈不又滋生人來」殘鈔本「豈不」句。作「豈不又是一件好事」。宜從。

「賈璉道。他小子原會吃酒不成人麼。這樣那裏還給他。看老婆」。咸本「他小」句下。有「林之孝道。豈止吃酒賭錢。在外頭無所不為。我們看他是奶奶的院房。此只見一片原是一半罷了。賈璉道。我竟不知道這些事。這樣作既這樣宜從。

「若果然不成人。只管教兩日。再給他老婆。不遲。」戚本「不遲」下有「鳳姐聽說便道。你聽見誰說他不成人。賈璉道。不過是家裏的人。還有誰。」宜增。

「推恐來旺仗勢作威」戚本作「生恐旺兒仗鳳姐之勢。一時作威」宜從。

第七十三回。痴丫頭誤拾繡春囊。懦小姐不問纍金鳳。」殘鈔本「痴丫頭」作「傻大姐」。「小姐」作「迎春」。可從。

「不過只有學庸二論。是背得出來。」戚本「是」下有「帶註」二字。宜從。

「至下孟就有大半生的。」戚本「生的」作「忘了」。宜從。

「因近來做詩。常把五經集些。」戚本「五」作「詩」。「集」作「讀」。宜從。

「不過是後人之時文。偶見其中一二股內。」戚本作「不過偶因其中或一二股內」。宜從。

襲人等在旁剪燭斟茶。那些小的。都困倦起來。前仰後合。」戚本「襲人等」作「襲人麝月晴雯等幾人。大的是不用說。」「都困」二句。作「都困眼矇矓。前仰後合起來。」宜從。

「原該叫他們睡去。你們也該替換著睡。」戚本作「原該叫他們都睡去才是。你們也乏了。也該替換著睡去。」宜從。

「只得又讀幾句。麝月又斟了一杯茶來潤舌。」戚本

「幾句」上有「讀了沒有。」「廝月」下有「又」字。宜從。

「只聽春燕秋紋從後門跑進來。」戚本「春燕秋紋」作「金星玻璃」（即芳官）。

「至五更天。就傳管家的細看查訪。」戚本就「就傳」句。作「就傳管家衆男人。命仔細查訪。一面細問內外上夜男女人等。」

「賈母道。我一不料道到有此事。」殘鈔戚本「不料道」作「早料到」。宜從。

「甚至有頭家爲主。或三十吊。五十吊。大輸贏。」咸本「五十吊」下。有「一百吊。」宜增

「採春遊。我因想著太事太事多。連日不自在。」咸本「自在」下。有「鳳姐姐又病著。」宜增。

「你爲自爲賭錢常事。」咸本「賭錢」作「要錢。」宜從。

「或買東西。」咸本作的下尋有「尋張不見李。」宜增。

「況且園內你姊妹們起居所伴者。」咸本「所伴者」作「相伴。」宜從。

「賈母即刻查了頭家賭家來。」戚本作「賈母命即刻拏賭家來」。宜從。

林之孝家的「忙去園內。傳齊又一一盤查。」戚本「又」作「人」。宜從。

「賈母先問大頭家名姓。利錢之多少。」戚本「利」作「合」。宜從。

「撥入園廚行內。」戚本「撥入園」作「趕入坑」。宜從。

「邢夫人因說。這儍了頭又得個什麼愛巴物兒。」

庚本「傻」作「痴」。「又得」句。作「又得了個什麽狗不識兒」。宜從。

「與賈母這邊。專做粗活……出言可以發笑。賈母喜歡。便起名傻大姐」。殘鈔本「專做」句。作「提水桶掃院子。專做粗活的一個丫頭」。「出言」句。作「行事出言。常在規矩之外。可以發笑」。「大姐」下。有「發悶時。便引他取笑。毫無忌避。又叫他為痴丫頭」。宜從。

「真是個愛巴物兒」。庚本作「真是個狗不識呢」。宜從。「邢夫人見他這般。因冷笑道。」戚本「笑道」下。有「總是你那好哥哥好嫂子一對兒。赫赫揚揚。璉二爺鳳奶奶。兩口子遮天蓋地。百事周到。竟通共這一個妹子。全不在意。但凡是我身上吊下來的。又有一話說。只好憑他罷了。況且你也不是我養的。你雖不是同他一娘所生。到底是同出一父。也該彼此瞻顧些。也免別人笑話。我想天下的義也難較定。宜增。「出月一樣。你娘比趙姨娘強十分。你也該比探丫頭强纔是。怎麼你反不及他一半。倒是我無兒無女的。一生乾淨。也不能惹人笑話」。戚本「出身」句下。有「如今你娘死了。從前看來。你兩個的娘」「你娘」句作「只有你娘比如今趙姨娘強十倍的」。「一半」下。有「誰知竟不然。這可不是異事」。「笑話」下。有「議論為高。旁邊伺候的媳婦們。便乘機道。我

們的姑娘老實仁德○那裏像他們三姑娘○伶牙
俐齒○會要妹妹們的强○他明知姐姐這樣○也竟
不照顧一點兒○邢夫人道○連他哥哥嫂子還如
是○別人又作什麼呢○一言未了○」宜從○
綉橘說○「姑娘該叫人去問老奶奶一聲○戚本作「姑娘
就該問老奶奶一聲○只是臉軟怕人惱○如今無正
無著落明兒要都戴時○獨咱們不戴○是何意思
呢○」直從○

迎春說。卻自然是拏了去摘了肩兒了……仍舊悄悄的收在裏頭。誰知他就忘了。」戚本「卻自」二句。作「自然是他拏去暫借一肩兒」「放在裏頭」作「送來就完了。」「忘」作「忘記」。直從。

「或著人要。他或有事。拏幾吊錢來。」戚本作「或他著人去要。或他有事。拏出幾個錢來。」宜從。

「有事些。」戚本作「有些事罷。」宜從。

「誰知迎春的乳母之媳玉桂兒媳婦。……他們正說金鳳之事。……又看這事脫不過去」。只得又得進來，陪笑」戚本「玉桂兒」作「王住兒」。（下同）他們上有「聽」字，又看句。作「估量這事脫不去了，且又有求迎春之事。陪笑」作「只笑」宜從。

所」以借去。不想今日弄出事來」戚本作「所以暫借了去。原說一日半晌就贖的。因總未撈過本來。就遲誤了。可巧今兒又不知誰走了風聲。弄出事來」宜從。

「聽見幾個人編完」戚本「編完」作「較口」宜從探春說「難道姐姐和奴才要錢了不成。司棋繡橘道。姑娘說得是了。姑娘何曾和他要什麼了」戚本「難道」句下有「難道姐姐不是合我們一樣有月錢的。一樣的用度不成」「是了」下有「姑娘們都是一樣的。那一位姑娘的錢。不是由著奶奶媽媽們使。連我們也不知道。怎樣是算帳。不過是要東西。只說得一聲兒。如今他偏要說姑娘使過了頭兒。他賠出許多來。究竟。（二字屬下句）宜從。

「你們又無沾礙。何必如此」戚本「何必」句作「何得帶累於他」宜從。

「平兒忙道。誰敢給姑娘氣受」戚本「平兒」句下有「姑娘怎麼委屈」宜從。

「你但凡知禮。只該在外頭伺候。也有外頭的媳婦們。無故到姑娘房裏來的」戚本「伺候」下。有「不叫

你○進不來的「也有」作「哉」時有○「未明」下○有「例呢」○宜從○

而且還程造帳○逼著去討情」○戚本作「而且程造假帳折算○戚逼著還要去討情」○宜從○

「先把二姐姐制伏了○然後就要治我○和四姑娘麼○「戚本「要治」作「制伏」○宜從○

「我也不去加責就是了○「戚本「加」作「苛」○宜從○

第七十四回○「惑奸讒抄檢大觀園○避嫌隙杜絕」

甯國府」戚本「避嫌疑」作「矢孤介」宜從。「說他合和妹子是夥計罷了。平分」戚本作「說柳家合他妹子是夥計。雖然他妹子出名其實賺了錢。兩個人平分」宜從。「轉告訴了寶玉。」戚本「轉」作「金星玻璃」(即芳官、「平兒便出去。辦纍金鳳一事。那玉桂兒媳婦緊跟在後。」戚本「辦纍」句無。「玉桂兒」作「王住兒」下同。宜從。

「你的意思。得過且過」。戚本「得過」句。作「得過去就過去了。」宜從。

「方放下心來。就拜謝。」戚本「就辭謝」作「說就拜繳。」

「昨我不曾那裏先借二百銀子。做八月十五日節下使用。我因沒處借。」殘鈔本兩「借」字均作「挪」。移」宜從。

「因叫平兒把我的金首飾再去押二百銀子來。」

戚本「首飾」作「項圈」宜從。

「平兒見了這般。不知怎麼了。」戚本「這般」下。有「光景。心內著慌」。「了」作「樣了。」宜從。

「年輕人兒女閨房私意是有的。」戚本無「女」字。宜從。

「不但在姊妹前看見。就是奴才們看見我有什麼意思。」戚本「不但」句。無「看見」二字。「獨有」句下。有「我雖年輕不尊重。亦不能糊塗至此。」宜從。

「一刻查問不到。」戚本「一刻」作「或者一時半刻。」宜從。

「你婆婆纔打發人封了這個給我瞧」戚本句下有「說是從傻大姐手裏得的」宜增。

「總然訪不著。外人也不得知道」戚本「外人」句下。有「這叫作胳膊折了在袖內」可增。

「王夫人嘆道。你說的何嘗不是。但從公細想你這幾個姊妹。每人只有兩三個像人。餘者竟是小鬼兒是的。如今再去了。」戚本「每人」三句作也」

甚可憐了。也不用遠比。只說你林妹妹的母親。未出閣時是何等嬌生慣養。是何等金尊玉貴。那時像個千金小姐的體統。如今這幾個姊妹。不過比人家了頭畧强些罷了。通共每人只有兩三個了頭像個人。餘者緫有四五個小了頭子。竟是廟裏的小鬼。如今還要裁革了去。宜從「來旺家的。來喜家的。」戚本「來喜」作「來興」。王善保家說。論理這事該早嚴緊些的。」戚本該早蕨髮」作「早該嚴禁。極是。「他」就立起兩隻眼睛來罵人。妖嬌（妖）調調。」戚本「眼睛」上有「吊」字。調調」作「嬈嬈。」直從。

王夫人「因叫自己（丫頭）過來。分付他道。你去只說我有話問他。留下襲人麝月服侍寶玉不必來。有一個晴雯是伶俐。」戚本「分付」二句。作「吩咐他到園裏去。只說我話的話。」「留下」上有「叫他們」。「是」作「最。」直從。

「素日晴雯不敢出頭。因連日不自在。」或本作「素日這些丫頭。皆知王夫人最惡喬妝艷飾語薄言輕者。故晴雯不敢出頭見王夫人。今因連日不自在」宜從。

「王夫人便冷笑道。好個美人。見」或本「王夫人」句。作「王夫人原是天真爛熳之人。喜怒出於心臆。不比那些飾辭掩意之人。今既真怒攻心。又勾起往事。便冷笑道」宜刪改增入。

晴雯說「老太太罵了我，又不叫你管他的事。」戚本「了我」下有「一頓。」說「宜從。

「王善保家的道。太太且請息怒……如今要查這個……我們竟給他的冷不防。」戚本「息怒」作「養息身體要緊。」「這個」下有「主見」。「的冷」作「個猛」。宜從。

「喝令將角門皆上鎖。」戚本「角」作「園」。宜從。

寶玉「因迎出鳳姐。問是何故。」殘鈔本作「因出來問鳳姐是什麼事」宜從。

「襲人因見晴雯這樣。必有異事。」戚本「必有」上。有「知道」宜從。

晴雯「兩手提著底子。往地下一摜。」戚本「底子」下有「朝上」二字。宜從。

「探春笑道。我們的丫頭。自然都是些賊。」戚本「笑」上有「冷」字。極是。

你們今日早起。不是議論甄家。自己盼着好好抄家。果然真抄了。」戚本「盼著」作「家裏」宜從。

「只當是探春認真單氣惱鳳姐。與他們無干。」戚本「只當」上有「今兒見探春如此」宜增。

「只聽拍的一聲。」戚本「聲」下有「響」字宜增。

「說著便要親自解鈕子。……鳳姐平兒都忙與探春理裙整袂。……我但凡有氣。」戚本「便要」句。作「便親自解衣卸裙。」「理裙」作「束裙」。「氣」下有「性」字。宜從。

「那王善保家的討了個沒臉。」趕忙躲出窗外。」戚本「趕忙」句。作「在窗外說。」宜從。

「我們做賊的人。嘴裏都有三言兩語的。」戚本「語的」下。有「這還算笨的。」可惜。

「因惜春年少。尚未識事。」戚本「因惜」句。作「因惜春年紀幼小。」宜從。

「才要關箱時。周瑞家的道。這是什麼話。有沒有。總要一樣看看。才公道。說著。便伸手掣出一雙男子的綿緞鞋襪。並一本雙緞鞋」。戚本「這是」四句。作「且住。這是什麼」「無「便」字。「緞鞋」下有「來」字。宜從。疾如風雨。文字絕佳。徐本不及多矣。「鳳姐因理家常久。每每看帖看帳。也頗識得幾個字了。那帖是大紅雙喜箋。」殘鈔本作「鳳姐看那帖子。是大紅雙喜箋。「鳳姐文理不深。並非目不識丁也。

「上次逃走的」的潘又安就是他。殘鈔本「上次」作

「前兒」宜從。潘又安逃走。是本月初事。不能云「上次」也。「周瑞家的四人。聽說鳳姐兒念了。都吐舌搖頭兒」周瑞家的道。王大媽可聽見了」戚本作「周瑞家的等人。又都問著他道。你老可聽見了」宜從。「鳳姐只瞧著他。抿著嘴兒嘻嘻的笑。向周瑞家的道。這倒也好。不用他老娘操一點心兒。……周瑞家的也笑著湊趣兒」殘鈔本無「向周瑞」句。作

「大家倒省事。吴興家的等也笑着湊趣兒。」宜從。鳳姐雖係貧嘴。決不致對王家亦如此輕薄。且亦慮得罪邢夫人也。

鳳姐「次日便覺身體十分軟弱起來。遂掌不住。請醫診視。開方立案。說要保重而去。」戚本作「至次日。便覺身體軟弱。頭目發暈。遂撐不住。請大醫來診脈畢。遂立藥案云。看得少奶奶係心血不足。虛火入脾。皆由憂勞所傷。以致嗜臥好睡。胃脾土虛。不思飲食。聊用升陽降火養榮之劑。寫案畢。遂開了幾樣藥名。不過是人參當歸黃著等類之劑。一時退出。可從。

「可巧這日尤氏來看鳳姐。坐了一回。又看李紈等」戚本「又看」作「到園中去又看過李紈。才要望候眾姊妹們去。」宜從。

惜春說。「昨兒叫鳳姐姐帶了他去。又不肯。今日嫂子來的恰好。」戚本作「他」昨兒我立逼着鳳姐姐帶了他去。他只不肯。我想他原是那邊的人。鳳姐姐不帶他去。也原有理。我今日正要送過去。嫂子來的却好。」宜從。

「入畫聽了。跪地哀求。百般苦告。」戚本作「入畫聽說。又跪下哭求說。不敢了。只求姑娘看從小兒情分。好歹生死在一處罷。」宜從。

「看他從小兒服侍你一場。」戚本無「看他」二字。句下看「到底留著他為是。」宜增。

「雖知惜春年幼。天性孤僻。」戚本作「惜春雖年幼。却天生成一種百折不回的廉介孤獨僻性。」宜從。

「尤氏說。「又沒輕重。真真的叫人寒心。」戚本作「又不知好歹。又不（沒個）知輕重。雖然是小孩子的話。却又能寒人的心。」宜從。

惜春說。「不識字。所以都是獃子。倒說我糊塗。」戚本（作）「不識幾個字。所以都是些儍子。看著明白人。

倒說年輕糊塗。」宜從與下「明白」語相應。

「尤氏道。你是狀元。第一個才子。我們糊塗人。不如你明白。」咸本「狀元」下有「榜眼」「第一」上有「古今來。」「我們」下有「是」字。「明白」下有「何如」。宜從。

「惜春道。據你這話。就不明白。狀元難道沒有糊塗的。可知你們這些人。都是世俗之見。文見七那裏眼裏識得出真假。心裏分得出好歹來。你們要看真人。總在最初一步的心上看起。才能明白呢。」

殘鈔
戚本無「據」字。「狀元」句。作「狀元榜眼難道知就沒有糊塗的不成」。「那裏五句」。作「不能了悟的很怎會明白呢」宜從。與下「了悟」語相應。

尤氏說。「又講起參悟了。惜春道。我也不是什麼參悟。我看如今人一概也都是入畫一般沒有什麼大說頭兒」。戚本「參悟」作「了悟」。「我也四句」。作「我不了悟。我也舍不得入畫了。」宜從。

惜春道。怎麼我不冷」。戚本「不冷」下有「古人曾說的不作狠心人。難得自了漢。」可憎。

第七十五回。「開夜宴異兆發悲音。賞中秋新詞得佳讖」殘鈔本「新詞」作「新詩」。宜從。

「尤氏聽了道。昨日聽見你老爺說」殘鈔本「老爺」作「大爺」。宜從。

「李紈因問道。你過來了。可吃些東西。」戚本「可吃」句。作「這半日。可曾在別處屋裏吃些些東西沒有。」宜從。

「昨日人家送來的好茶麪子。」戚本「人家」作「他姨娘家」。素雲說。「奶奶不嫌骯髒。能著用些。」戚本作「奶奶不嫌髒。這是我的。儘著用些。」直從尤氏說著。一面洗臉。丫頭只彎腰捧著臉盆。李紈道。怎麼這樣沒規矩。那丫頭趕著跪下。戚本作「自來我每逢過來。誰的沒使過。今日又嫌髒了。一面說。一面盤膝坐在炕上。銀蝶上來忙代為卸去腕鐲戒指。又將一大袱手巾。蓋在下截。將衣服護嚴。小了環炒荳兒捧了一大盆溫水。走至尤氏跟前。只彎腰捧著銀碟笑道。說一聲沒權變的。說一個葫蘆就是個瓢。奶奶不等「管」待（過）偺們寬些。在家裏不管怎樣罷了。你就得了意。不管在家在外。當著親戚。也只隨便罷了。尤氏道。你隨他去罷。橫竪洗了就完事了。炒荳趕著跪下。殘鈔本「炒荳」作「茄官」。宜從「炒荳」即荳官。

乃送給寶琴之女伶。自宜改作「茄官」為是。

「我們家下大小的人。」戚本「家」下有「上」字。宜增。

寶釵說。「只因近日我們奶奶身上不自在。」戚本「奶奶」作「媽媽」極是。

探春說「親戚們好。也不在必要死住的才好。」戚本無「在」字。宜刪。

「誰叫你趕熱竈火來了。」戚本作「誰叫你趕熱竈來了。」宜從。

「鳳丫頭也不犯合你嘔氣。戚本作「惜丫頭也不犯囉唣你。」極是。

「我昨兒把王善保家那老婆子打了。我還預著罪。吃不過背地裏説我些閑話。」戚本「吃」作「吮」。屬上句。極是。

「今日一早不見動靜。打聽鳳丫頭病著。就打發人四下打聽王善保家的怎樣。」戚本「打聽」句作「打聽鳳妹子又病了。」「就打發人四下」作「我就打發我奶媽子出去」宜從。
賈母說。我分付過幾次。鬧了罷。都不聽。也只罷了」。戚本作「賈母因問。都是些什麼。上幾次我就吩咐過。如今可以把這些鬧了罷。你們還不聽。如今比不得先輻輳的時光了。鴛鴦忙道。我說過幾次。都不聽。也只得罷了。」宜從。
「賈政笑道。我倒也想這個吃。」殘鈔本笑道」下。有「這樣甚好」宜增。

「寶琴一一的讓了。方歸坐。賈母便命探春來同吃。」探春也都讓過了。便和寶琴對面坐下。」戚鈔本「寶琴」二句。無「探春」二句。作「探春便告了坐」宜從。

「這幾樣看不出是什麼東西來……便命將那幾樣著人都笑送回去。」戚本「幾樣」均著作「兩樣」。無「來」字。「都」字宜從。

賈母因問拏稀飯吃些罷。」戚本「拏」作「有」。宜從。

「尤氏告坐吃飯。賈母又命鴛鴦等來陪吃。賈母見尤氏吃的仍是白米飯。因問道。怎麽不盛我的飯。殘鈔本作「尤氏告坐。探春也吃過了。笑道失陪。尤氏笑道。剩我一個人。吃這大排桌。有些不慣。賈母笑道。鴛鴦琥珀也來趁勢吃罷。又做了陪客。尤氏笑道。好。好。好。我正説呢。賈母笑道。看著許多人吃飯。最有趣的。又指銀蝶道。這孩子也來同你主子一塊兒吃。等離了我。你們再立

規矩去。尤氏道。快過來。不必裝假。賈母看著手
看著取樂。因見添飯的丫頭。給尤氏添的的是白粇飯。
便道。你怎麼昏了。不盛我的飯。倒盛這個飯呢」
宜從。
鴛鴦說。「你們就去把三姑娘的飯拏來添。也是
一樣。」咸本「一樣」下有「就這麼著。」宜增。
「賈母道。你也過去罷。」咸本「你也」上有「黑了」。宜增。
尤氏」走至二門外。上了車。衆媳婦放下簾子來。

四個小厮拉出来。套上牲口。幾個媳婦帶著小丫頭兒們。先走到那邊大門口等著去了。這裏送的丫頭們也回來了。尤氏在車內。因見自己門首兩邊獅子下。「戚本作走至大門前上了車。銀蝶坐在車沿上。眾媳婦放下簾子来。便帶小丫頭兒們。先直走過那邊大門口等著去了。因兩府之門。相隔沒有一箭之路。每日家常來往。不必定要周備。況黑夜之間。回來的遭數更多。

所以老嫫嫫帶著小丫鬟。只幾步便走了過來。兩邊大門上的人。都在東西街口。早把行人斷住。尤氏大車上也不用牲口。只用七八個小廝挽環拽輪。輕輕的便推拽過這邊台基上了。於是眾小廝退過獅子以後。眾嫫嫫打起簾子。銀蝶先下來。然後攙下尤氏來。大小七八個燈籠照的十分真切。尤氏見兩邊獅子下。」宜從。是「大門。」是「不用牲口。」敘述極清。

尤氏說。「騎馬的又不知多少呢。說著進府已到了廳上。」戚本作「騎馬的還不知有幾個。馬自然在棚裏拴著。咱們看不見。也不知他娘老子掙下多少錢。與他們這麼開心。一面說。一面已到了廳上。」自從。

「這些都是少年。……每日輪流作晚飯之主。天天宰豬割羊。」戚本「這些」句作「這些來的。皆係世襲公子。人人家道豐富。且都在少年。」「天天」句作

「每日來射箭。不便獨擾賈蓉一人之意。於是天天宰豬割羊」宜從。賈政等聽見這般……跟著賈珍習射一回。方許回去。賈珍志不在此。再過幾日。殘鈔本「賈政等」作「賈赦賈政賈珍」句。作「這世交親戚中有個衛若蘭。文才既好。武藝亦強。又射得一手好箭。素與寶玉要好。合聽寧府設立射鵠。寶玉也來學射。這日便也來入會。寶玉見他身上。佩著個金麒麟。好生眼熟。本想問他。因他是湘雲未過門的快婿。尚係新親。未便造次。須慢慢的探問。他不料若蘭因賈珍等射法。如同兒戲。不獨無益。且恐壞了舊有的姿勢。又因人品太雜。第二天就不來了。寶玉因此悒悒不樂。此是閑話不提。且說賈珍志不在射。過了幾日。」宜從。「放頭開局。大賭起來」。戚本「大」作「日夜」。宜從。「待人無心。因此都叫他傻大舅」。戚本「待人」句。作

「待人無二心。好酒者喜之。不飲者只亦不去親近。無論上下主僕。皆出自一意。無貴賤之」分宜删改增入。

「傻大舅薛蟠，都愛搶快。便又會了兩家。在外間搶杭炕上搶快。又有幾個在當地下大桌子上趕羊。」戚本「搶快爽利」作「搶新快爽利」。「搶快」作「搶新快」。「趕羊」作「打么番」。下同。

裏頭打天九。趕老羊的。未清。先擺下一桌。賈珍陪著吃。」戚本「足九」下。有「時也作了帳等吃呢。」「趕老羊」作「打么番。」「未清下。有「且不肯吃。」於是不顧。」「著吃」下。有「命買落落後陪那一處」。宜從。「我們師父都教的。不論遠近厚薄。只看一時有錢的就親近。」殘鈔、戚本「我們」下。有「這行人。」「錢」下。有「勢」字。「親近」下。有「便是活神活仙。一時沒了錢勢。也不許理他。我們年輕。做這行次。求舅太爺體恕些。我們就過去了。那大舅聽著。心裏雖軟了。還故作怨容。眾人又勸道。這孩子是實情說〔話〕的倒是。舅太爺若不吃這酒。他兩個怎敢起來。小么兒又道。宜從。

傻大舅指着賈珍嘆道。昨日我和你令伯嘔氣。戚本「昨日」上。有「怨不得他們視錢如命。多少世宦大家出身的。若提起錢勢二字。連骨肉都認不得了。老賢甥」。「和你」下有「那邊的」。宜從。

「就為錢這件東西」。戚本作「就為錢這件混帳東西利害。賈珍深知他與邢夫人不睦。每遭邢夫人棄惡。扳出從言。因勸道。老舅你也太散漫些。若只管花去。有多少給老舅花的。邢夫舅道。「宜從。

「無奈竟不得到手。你們就欺侮我沒錢。賈珍見他酒醉。外人聽見不雅。」殘鈔本「你們」的。作「反被他們欺侮我沒錢。真是有冤沒處訴。」「外人」上有絮絮叨叨。惟恐。宜從。

「正值趕老羊的那些人也住了。要酒。」咸本「趕老羊」作「打么番」。「那些人」無「酒」下有「吃」字。宜從。

冉氏說「冉灌裹了黃湯。還不如謅出些什麼新樣兒來。」咸本作「才丟了腦袋骨子。就胡嘬嚼乜的。若再灌嗓下些黃湯去。還不知再嘬出些什麼東西吃」。宜從。

「今兒晚上倒好。可以大家應個景兒。」咸本「景兒」下有「吃些瓜菓酒餅」。宜增。

尤氏說。我再不去。越發沒個人了。佩鳳道。爺說奶奶出門。好歹早些回來。叫我跟了奶奶去呢。尤氏道。既這麼樣。快些吃了我好走。」戚本「不去」作「不過去」。「人了」下有「況且他又不得閒應什麼景兒」。「爺說」下有「了」字。「奶奶出門」作「今兒已辭了眾人。直等十六纔來呢。好歹定要請奶奶吃酒。尤氏道。請我我沒得還席。佩鳳去了一時又來道。爺說。連晚飯也請奶奶吃。」「既這麼樣」作「這樣」。早飯吃什麼。宜從「與聚賭」段相應。須細心讀之。

「倒不知是誰」。說畢。吃飯更衣。尤氏等仍過榮府來。」戚本「說畢」三句。作「說話之間。賈蓉之妻也梳妝了來見過。少時擺上飯。尤氏在上。賈蓉之妻在下陪婆媳二人。吃畢。尤氏便換了衣服。仍過榮府。」宜從。

「銀河微隱。」戚本作「上下如銀。」

「賈珍因合佩鳳等四人。也都入席。」戚本「賈珍」下。

有「要行令」。「因命」上。有「尤氏」宜從。「文花唱曲。喉清韻雅」戚本「韻雅」作「嗓嫩」。宜從。「都毛髮悚然」。戚本作「都悚然疑畏起來」。宜從。「看那月色時。也淒淒的不似先前明朗」。戚本作「月色慘淡。也不似先明朗」。宜從。「賈珍方在挨門小杌子上告了坐。側著身上坐和」。戚本作「賈珍命坐。賈珍方在進門杌子上坐了」。宜從。

「焚著斗香。秉著燭」。戚本「燭」上有「風」字。宜從。
衆那姊妹兄弟都你悄悄的扯我一下。我暗暗的
又搭你一把。都冷笑。心裏想著倒要聽是何笑
話」。戚本作「衆姊妹兄弟皆要聽是何笑話」。宜
從。賈政為衆人所畏。賈恐不敢作此怪狀也。
「賈政笑道。若好。老太太先多吃一杯。賈母笑道。便
得。賈赦連忙捧杯。賈政執壺斟了一杯。賈赦
仍舊遞給與賈政。賈赦旁邊侍立。賈政捧上。安放

在賈母面前。賈赦賈政退回本位。……賈政仕
又斟了一杯。送與賈母。笑話好否未知。決無先
飲酒之理。更無賈赦捧杯如行大禮之理。戚本
無「先」字。「使得作自然」。「賈赦連忙至本位」八句。無。
殘鈔本「賈政忙」「又」上。有「賈母飲了酒」。均宜從。
「只不許用這些水晶冰玉銀彩光明素等堆砌
字樣」。戚本「這些水晶冰玉銀」作「那些冰玉晶銀」
宜從。

「實毋道。這就罷了」戚本句下有「他能多文。定要他作才子不成。」宜增。

「寶環近日讀書稍進。亦好外務」戚本「亦好」句作「其脾胃中不好務正也。與寶玉一樣。故無常也。好看些詩詞。專好奇詭仙鬼一路」宜删改增入。

「發言吐意。總然邪派」戚本「總然」句作「總屬邪派氣。將來都是不由規矩準繩。一起下流貨」可從。

「不必寒窗螢火」戚本作「原不比那起寒酸。定要雪窗螢大。一日蟾宮折桂，方得揚眉吐氣。偺們的子弟」宜從。

第七十六回「賈母看時，寶釵姊妹二人不在坐內。知他家去圓月。」殘鈔本「知他」句無。宜刪。「況且他們今年又添了兩口人，也難丟了他們。」寶琴兄妹是辛亥十月來，已過壬子方中秋。非自今年始也。殘鈔本作「況且姨太太今年又病了。寶丫頭姊妹也難丟了他」宜從。

「賈母道。音樂多了。」戚本「賈母」作「吩咐。」宜從。
「邢夫人使回道。方纔大老爺出去。」戚本「邢夫人」
作「那媳婦。」宜從。
「賈母笑道。你們小夫妻家。使不得。今夜不要團
圓團圓。」戚本作「使不得。使不得。在你們上。」「不要」
作「也要。」宜從。
尤氏說。「也算四十歲的人了。況且孝服未滿。陪
著老太太頑一夜是正理。」戚本「算」作「奔。」「是正理」

作「還罷了。豈有自去園圃之理」宜從。

賈母說，可憐你公公已死了二年了」多。賈敬之死

是去年四月。不是「二年」。殘鈔本「公公」下有「轉眼」

二字。「二年」作「一年」。「宜從」。

「便」命斟「一」大杯酒。送給吹笛之人」。戚本「便斟」同。佛

。作「便將自已吃剩的一個內造瓜仁油的松穰月

餅又命斟一大杯熱酒」宜從。

「恐露水下了。風吹了頭」戚本「了頭」下有「須要添

上「這個」宜增。

「偏到天亮。因命再斟酒來。戴上兜巾。一面披上斗篷」。感本「天亮」下有「纔歇」。「一面」在「戴上」上。宜從。

「夜靜月明。賈母不禁傷心。眾人忙笑發語解釋。又命換酒止笛」。感本「賈母」三句作「且笛聲悲怨。賈母年老帶酒之人。聽此聲音。不免有觸於心。禁不住墮下淚來。眾人此時都也都不禁淒涼寂寞之意。半日方知賈母傷感。纔忙轉身陪笑發語解釋。又命換酒且住了笛」宜刪改從之。「和王夫人輕輕叫請賈母安歇」戚本作「忙合王夫人輕輕請醒」宜從。

此條在下條下

「你們也熬不慣。」戚本「不慣」下有「夜」字宜增。

「王夫人等道。夜已深了。風露也大請老太太安歇罷了。明日再賞十六月色也好。賈母道。什麼時候。王夫人笑道。已交四更。」戚本「深」作「四更」「月色」句。作「也不辜負這月色」「什麼」句。作「那裏就四更了」「己交」作「賣己」宜從。只有三丫頭可憐。尚還等著。你也去罷。我們散。了」戚本「可憐」下有「見兒時」「等著」下有「呢」字。「我們」下有「要」字。宜從。為八十回後伏線。「這裏眾媳婦收拾杯盤。」戚本作「這裏眾媳婦收杯盤碗著時」宜從。「賈母猶嘆人少。」戚本句下有「不似當年熱鬧」宜增。

湘雲說黛玉你是個明白人。還不自己保養。戚本「白人」下。有「何必作此景象自苦。我也合你一樣。我就不似你這樣心窄。何況你又多病」宜增。

「這山坡底下。就是池沿山凹裏近水一個所在」。戚本「池」作「那」。「凹」作「坳」。宜從。

「竟是特因玩月而設。此處有愛那山高月小的」。戚本「此」處作「此兩處」。宜增。

「只是這兩個字面。念作窪拱二音」。戚本「面」作「俗」。

屬下句「拱」作「迷」

「如青苔賦」戲本「如」下有「江淹」二字宜增

「園那年試寶玉。寶玉擬未妥。我們擬寫出來。送

與大姐姐瞧了。他又帶出來。命給與舅舅瞧過」作

「園那年舅舅和寶哥哥擬題後。舅舅又命家裏

相公們把木題的也擬了。我們也擬了些。都

寫出來。送給娘娘瞧。娘娘把我們擬的都圈了。

送出來。給舅舅瞧過。即行製匾懸掛」宜從。

所以都用了。戚本作「誰知舅舅倒喜歡起來。又說。早知道這樣。那日就該叫他妹妹一併擬了。豈不有趣。所以凡我擬的。一字不改都用了。「直從。

「只有兩個婆子上夜。因知在凸碧山莊賞月。與他們無干。早已息燈睡了。」戚本「只有」上。有「因此處房屋不多。且又矮小。「因知」句作「今日打聽得凸碧山莊人應差。「與他」句下。有「這兩個婆

子關了月餅果品。併犒賞的酒。併各色菜。二人吃得既醉且飽」宜從

「二人遂在兩個竹墩上坐下。只見天上一輪皓月。池中一個月影。」戚本「竹墩」上。有「湘妃」二字。「一個月影」作「一輪水月。」宜從。

「湘雲道。得隴望蜀。人之常情。」戚本「常情」下。有「可知那些古人說的不錯。說貧窮之家。自為富貴之家。事事稱心。告訴他說竟不能稱心。他也不

肯信的。必須親歷其境。他方知覺了。就如偺們兩個雖父母不在。然也亦在富貴之鄉。只你我就有許多不遂心的事。黛玉笑道。不但你我不得稱心。就連老太太太太以至寶玉探丫頭等人。無論事大事小。有理無理。皆不能各遂其心者。同一理也。何况你我是旅居客寄之人。湘雲聽說。恐怕黛玉又傷感起來。忙道。休說這些閑話。偺們且聯句。宜删節存之。

「黛玉笑道。咱們數這個闌干上直棍」這頭到「排頭爲止。但是第幾棍就是第幾韻」戚本「直棍」作「直柱」幾根作幾根「幾韻」下。有若十六根便是一先起「直從」。

「湘雲道。偏又是十三根「元」了。這個韻可用的少。作排律。只怕牽强不能壓韻呢」戚本「偏又」作「湘雲笑道」。因的作偏又是十三根。元字這韻少作排律。只怕牽强不能押的穩呢」。直從。

「湘雲道。明兒再爲。」戚本「明兒」上有「不妨」。宜從。

「只是這句又說俗話了。」戚本「俗」作「熟」。宜從。

「凝句或依門」。戚本作「凝景或敲門」。

「漸聞人語寂」戚本「人」作「笑」。

「詎一句怎麽一韻。」戚本「一韻」作「押韻」。宜從。

「藥經靈兔擣。」戚作「經」作「催」。

「冷月葬詩魂。」戚本「詩」作「花」。下同。

「只爲用工在這一句了。」戚本「只爲」上有「下句竟

還未得」宜增○

「不必再往下做」感本「做」作「聯」宜增○

「怎聽見你們兩個吟詩」感本「吟」作「聯」宜從○

「你兩個的了頭還不知在那處裏找呢○你們也不

怕冷了○快同我來到我那裏去吃杯茶」殘鈔本

「我吃」作「找你們呢」「冷了」作「冷著了○」「那裏」作「屋裏○」

「去吃杯茶」作「吃杯茶去罷」○宜從○與下「屋裏去」相

應○

「要我們好找」戚本「要」作「耍」宜從

「連姨太太那裏都找到了」殘鈔本無此句。甚是。

姨太太久已出園矣。

「聽見說往大家庵裏去。」殘鈔本無「大家」二字。宜從。

「空帳悲金鳳。」戚本「悲金」作「慈文」。

「閒屏散彩鸞。」戚本「散」作「掩」。

「贔屭朝光透。」殘鈔本「贔屭」作「樓闕」。宜從。大觀園中未必有此物。

「可見我們，天天是舍近就遠。現有這樣詩人在此。」戚本，就處作「而求遠。」「詩人」作「詩仙」。宜從。

「誰知湘雲有擇席之病」，戚本「擇席」作「擇息」，下同。宜從。

「湘雲微笑道：我有個擇席的病。」殘鈔本「微笑」無。「時病」下有「你是知道的」，宜從。

第七十七回。「俏丫鬟抱屈夭風流，美優伶斬情歸水月。」殘鈔本作「俏丫鬟抱」屈近情天。美女伶絶緣歸佛也」宜從。
「困用上等人參二兩王夫人即時翻尋了半日」。
戚本「即時翻」作「命人取時」宜從。
「多歸在一處。你們自不聽就隨手混撩。戚本「多
歸」作「歸攏」。「自」在作「白」。「混撩」作「混攪」。下有「你們不知
他」時好處。用起來得多少換買來還不中使呢」。
宜從。
「上次那邊太太來尋了去了」。殘鈔本「了去了」作

「太太都給他了」。宜從。

「只有些參膏蘆鬚。雖有幾根。也不是上好的」。威本「參膏」作「參鬚」。「幾根」作「幾枝」。宜從。

「因上次沒了。才往這裏來尋」。威本「才往」句。作「纔往你太太那裏去尋」。宜從。

「那一包人參固然是上好的」。威本「那」作「這」。「好的」下有「如今就三十換也不能得這樣的」。宜從。

「已成了糟朽爛木。也沒有力量的了」。威諸本太太收了這個。倒不拘粗細多少。再換些新的。」戚本「糟朽爛」作「朽株枯」。「力量」作「性」力。「新的」下。有「倒好」。殘鈔本「倒不」可。作「不拘粗細」可。宜從。「且来家裏有的。給人多少」。戚本作「好的多的。不知給了人多少」宜從。

「王夫人吃了一驚。想到司棋係迎春丫頭。乃是那邊的人。只得令人去回邢氏」。戚本「王夫」句。作「王夫人聽了。既驚且怒。却又作難」。「想到」作「因思」。

「邢氏」作「邢夫人」。宜從。

「況且又是他外甥女兒」。戚本「甥」作「孫」。宜從。

「都有些偷懶」。戚本「偷懶」下「的樣兒」。宜增。

「迎春」因前夜之事。丫頭們悄悄（的）說了原故。戚本

「丫頭」上有「已聞得別的」。宜增。

「那司棋已（亦曾）求了迎春。迎春實指望能救」。戚本「實指」向。

作「實指望迎春能保救下的」。可從。

周瑞家說。「他們作什麼」。戚本句下有「他們看

你的笑聲兒還看不了呢」宜增。
寶玉「今見司棋亦走」殘鈔本作上有「前兒見」入
畫去了」宜增。
「司棋說寶玉。「他們做不得主。好歹求求太太去」
戚本「好歹」上有「你」字宜增。
「你如今不是副小姐了。」戚本「你如今」下有「已是
有的事」宜增。
「還不好走。如今有了小命見面。又拉拉扯扯。成

何體統」威本作「你還不好好兒的走。如今又合

小爺們拉拉扯扯的。成個什麽體統」直從

「此」刻太太親自到園裏查人。「吃」威本句下有「只

怕還查到這裏來呢」直從。

「原来王夫人推怕丫頭們。教壞了寶玉」。威本作

「原来王夫人自那日著惱之後。王保善家的趁

勢兒治倒了晴雯。他合園中不睦之人。他也就

隨機趁便。下了些話說在王夫人耳中。王夫人

皆記在心裏。因節間有事。故忍了兩日。所以今日特來親自到園中閱人。一則為晴雯事猶可。二則因竟有人指寶玉為由。說他也近來已解人事。都由屋裏丫頭們不長進。引誘壞了。因這事。更比晴雯一人較重甚。因直修飾從之。寶玉「目不敢言」。戚本作「目不敢多言一句。多動一步。直從。襲人因便笑道。正是呢。若論我們。也有頑笑的去處」。戚本「因便」作「因慢」，「頑笑」下有「不留心孟浪」。宜從。

若宮「本免倚強〔壓〕倒了人」。「惹人厭」。戚本「倒了人」作「欺」。宜從。

四兒是兒〔我〕誤了他。他還是那年我和你拌嘴的那日起」。戚本「那年」作「上年」。直從。此時是癸丑八月。「拌嘴」是辛亥正月事。

晴雯」死，竟也沒得罪了那一個。戚本「那一個」作

「你們」極是。與襲人疑他」語相應。襲人說。「白哭一會子也無益。」咸本句下有「倒是養着精神。等老太太喜歡時。回明白了。再要他進來」是正經。」宜增。「寶玉冷笑道。原是想他自幼嬌生慣養的。何嘗受過一日委屈。如今是一盆才透出嫩箭的蘭花。送到猪圈裏去一般」。咸本「原是」句作「你不必虛寬我的心。等太太氣平服了。再瞧勢頭去要他」

。特知他的那病。等的等不的。他自幼上來。嬌生慣養。「如今」句。作「他這一下」。去就同一盆才抽箭的蘭花。」猪圈」作「猪窩」。直縱」。

「只有一個醉泥鰌姑舅哥哥。」戚本「鰌」作「鰍」。

聾人說。「這樣的話。怎麼是你讀書的人說的。」戚本「說的」下。有「草木怎又關係起人來」。「直從」與下「不但草木」諸相接。

「所以這海棠。亦是應著人生的。」戚本「亦是」句。作

「亦應著其人欲亡。故先就死了牛邊。宜從。

襲人聽說。心中暗想。若不如此。也沒個了局」。戚本「暗想」作「暗喜道」。「也沒」上有「你」字。宜從。

「再或有咱們當日積攢下的錢」。戚本「當日」作「常日」。宜從。

「且等到晚上」。殘鈔本作「且等到天將黑時」。趁著未關園門」。宜從。

「晚間果遣宋媽送去。寶玉將一切人穩住」。殘鈔本作「不一會太陽漸漸要落山了。寶玉裝做閑步散悶」直從。

「還有個姑舅哥哥叫做吳貴人都叫他貴兒那時晴雯才得十歲」戚本「還有」三句無「晴雯」無「直從」

「過了幾年。賴大又給他姑舅哥哥娶一房媳婦。誰知貴兒一味膽小老實。」殘鈔本作「後來又給了寶玉。這晴雯也不記得姓名父母家鄉。只有個姑舅哥哥。人都叫他吳貴兒。也流落在外。專能庖宰。賴大又將他收買〔留〕進來。把家裏的一個女孩子給他做媳婦。誰知他丟了青行等。忘卻叫街時。任意貪杯。不顧家口。直從

「招惹得賴大家人。如蠅逐臭。漸漸的做出些風流勾當來。殘鈔本「賴大家」作「榮府中」。「漸漸」句作都和他有一手兒。好像當年多渾蟲多姑娘兩口兒一般。宜從。

「這晴雯一時被攆出來。住在他家」殘鈔本作「這媳婦叫做燈姑娘。晴雯只有這門親戚。如今被攆出來。就住在他家。」直從

「漱了一日」殘鈔本「一日」作「一會。」直從

晴雯說道。「我只道不得見你了」戚本「只道」作「只當今生知」。直從。

寶玉說。「等好了再戴上去罷。又說。這一病好了又傷好些。」戚本「去罷」下有「因與他卸下來擱在

枕下。」「又說下。」下有「可惜這兩個指甲。好容易長了
二寸長。」「傷」作「損」。宜從。
「只聽鋸的一聲。」殘鈔本「一聲」作「兩聲」。宜從。
身上亂戰。又羞。又愧。又悔。又惱。」戚本無此十二
字。宜刪。
「卻是柳五兒和他母親兩個。抱著一個包袱。柳家的
拿了幾吊錢。」書中屢言五兒有病。「病病。」連本因「王夫
人」又明言「短命死了」。此時何又出現。殘鈔本作

却是宋媽和小丫頭。一個拖著兩個包袱。一個拏著幾吊錢。極是。與上文襲人命宋媽送衣錢」語相應。下文「五兒」均作「小丫頭。」「柳家的」均作「宋媽。」

「便問他母親道。」殘鈔本「他母親」作「宋媽。」宜從。

「方才老宋媽說。」殘鈔本「老宋媽」作「當門的。」宜從。

「柳嫂子你等等我。」殘鈔本「柳嫂子」作「宋媽。」宜從。

「媽你快叫住寶二爺。」殘鈔本無「媽」字。宜從。

「趕忙同他媽來趕寶玉」錢釧本「他」作「來」宜從
「巴巴看見他母女也進來了」錢釧本「母女」作「兩個」
宜從
「只說在薛姨媽家去的。也就罷了。」錢釧本作「襲人道。好小爺。你可不能再去了。你要再去。讓我同了太太。你再去。寶玉道。不去就去是了罷。囉嗦什麼。我也不吃晚飯了。就要睡覺了。」宜從。「指甲紅樸。」襲人忽然看見。決難瞞過也。」

「原來這一二年間。襲人因王夫人看重了他。」殘鈔本無「這一二年間」五字。宜從。

「且有吐血之證」殘鈔本作「且因失血舊症。偶每感勞碌。即欬中帶血。」宜從。

「因今兒有人請他老爺賞秋菊。」戚本「賞秋菊」作「尋秋賞桂」宜從。才過中秋。尚是賞桂之時。賞菊似尚早也。

「一時候他父子去了。」殘鈔本「父子」下有「祖孫」四人」直憎。

「因曾留下水月菴的智通與地藏菴的圓信住下。」戚本「因」作「王夫人」。「住」下作「住兩日。至今未回」。

殘鈔本「水月菴的智通」作「水仙庵的慧通」。下同。

均真從。

第七十八回。賈母說。「況晴雯這了頭。我看他甚好。言談針線。都不及他。將來還可以給寶玉使喚。」戚本「況」作「但」。「甚好」下有「怎麼就這樣起來。我的意思。這些了頭的模樣爽利。將來下有只他宜從。

「知大體。莫若襲人第一。」戚本「知大」二有「若說沉重。」宜從。

「這幾年從來同着寶玉淘氣。」戚本「同着」作「逢迎着」宜從。

「王夫人便喚了鳳姐。問他丸藥可曾配來。鳳姐道。還不曾呢。」上問寶釵明言晚間是人參有回信」備了一夜。如何丸藥能配來。殘鈔本「配」來作「配去。還不」句。作「非晚妹媽打發人把人參送來。今早交給他們配去了。」宜從。

「誰知蘭小子的這一個新進來奶子。也十分妖嬈。也不喜歡他。我說」與你大嫂子。好不好。叫他各自去罷。」歲本也「不」上。有「我」字。「去罷」下。有「況且蘭小子又大了。用不著這些奶子了。」宜從。是年賈蘭十三歲。

「鳳姐笑道。誰可好好的得罪著他。」戚本「誰可」句下。有「他天天在園子裏面住著。左不過是他們一羣人」宜從。據此似有徵詞。致四十五回。黛玉曹明言寶釵之婆子聚賭。此次七十三回賭案之頭家。或有其人。而鳳姐等諱之。故寶釵有塊於心。藉抄園而去也未可知。觀下鳳姐[illegible]應該避嫌疑語可知。「王夫人道。別是寶玉有心無心。從來沒個忌諱。」戚本「從來」句作「孩子似的。」直從。與下「孩子」語相應。

鳳姐道。「若說他出去幹正經事說正經話。卻像傻子。……最有仁讓。」戚本「幹正經事」在「說正經話」下。「傻子」作「孩子」。「仁讓」作「儘讓」。宜從。

「他自然爲信不及園裏的人。他又是親戚。現也有了頭老婆子在內。我們又不好去搜檢了。縱我們疑他。」戚本「的人」下。有「縱使搜檢」。「了」作「他」。屬下句。直從。

寶釵說。繞共只一(我)二人」戚本「二人」作「個」。宜從。
設若從那裏弄出事來。豈不兩礙。」戚本「弄出事
作「做」出一件。「兩礙」下。有「成兩」。宜從。
所以那園子裏。倘有一時照顧不到」。戚本「所以
句。作「那園子也太大。倘有。」宜從。無宜從。
「只見寶玉已回來了」。戚本「寶玉」下。有「等」字。宜從。
「因說老爺還未散。恐天黑了。所以先叫我們回
來了」。時方「未正」。且有「姽嫿詞」「芙蓉誄」未作。距「天

黑尚早。殘鈔本作「因說老爺還未散。和慶國公正下棋呢。叫我們先回來。」宜從。

「閻王勾取了去。是差些小鬼來捉人魂魄。」戚本「捉人魂魄」作「捉人魂。」宜從。

「就可少待個工夫。」戚本作「可就多待些工夫。」宜從。

「他說。你只可告訴寶玉一人。除他之外。不可洩漏天機。」戚本「他說你」作「他說。」說天機不可洩漏。你

既這樣虔誠。我告訴你」不可」句。作「若洩漏天機。五
雷就來轟頂」宜從。
「想畢。忙至房中。正值麝月秋紋找來寶玉又自
穿戴了。」殘鈔作「正想著麝月秋紋也找來了。
寶玉忙同至房中。又另穿帶了。」宜從。
「遂一人出園。往前次看望之處來。」殘鈔本「前次」
作「昨日。」之處」作」的屋子。」宜從。
「一面催人立刻入殮。」戚本作「一面就催了人來

入。塗宜從。
「及」回至房中。甚覺無味。因順路來找黛玉。不在房中。問其何往了。環們」。戚本「及」回」句作「待回自房」。「不在」上有「偏生」「問其」之字。作「問問丫頭」。宜從。

「纔想起前日。髣髴聽見寶釵要搬出去。只因這兩日工課忙。就混忘了。這時看見如此。纔知道果然搬出。怔了半天。因轉念一想。不如還是和襲人廝混。再與黛玉相伴。「寶釵搬出」。今日始「回明王夫人」。非「前日」事。至「中秋壹月」。十六日「攆晴晴雯壽」。今日十七。隨「賈政出門賞桂」。寶玉此兩「日」。亦無「上課忙」之事。殘鈔本作忽見幾個老婆子道。寶姑娘出去了。這裏交給我們看着。還沒有搬清楚呢。我們幫着送了些東西去。這也就完了。二爺請出去罷。讓我們掃掃灰塵也好。從此二爺也有跑這一處的腿了。寶玉聽了。怔了半晌。看著那院中的杏藤異卉蔓。仍翠翠青青。比往日好似淒涼了好些。更又添了傷感。默默出來。又見門外的一條翠樾埭上。也半日沒人行走。不像平時各房的丫環婆子們絡繹不絕了。又俯身看那埭下的水。仍是落落脈脈的流將過去。心下因想天地間竟有這樣無情的事。悲感一番。忽又想到去了的司棋入畫四兒芳官等六個。死了晴雯。今又去了寶釵。迎春回去備人相看。探春也有媒人來求親。大約園裏的人。不久都要散的了。縱生煩惱也不濟事。不如還找黛玉去。相伴一時。回來還是合襲人廝混。」宜從。

「偏黛玉尚未回來。正在不知所之。」殘鈔本「正在」句。作「不覺垂頭喪氣。正不知到那裏去好。」宜從。

「當日曾有一位王爵。封日恒王。」戚本作「近日有一位恒王。」宜從。

「想其朝中自然又有人去勦滅。」戚本作「後朝中方這將去剿滅了。」宜從。「他們那裏已有原序。昨日因又奉恩旨。著察核前代以來。應加褒獎而遺落未經奏請各項人等無論僧尼乞丐女婦人等。有一事可嘉。即行彙送履歷至禮部。備請恩獎。所以他這原序也送往禮部去了。」戚本作「他們都原是有序。因送往禮部去了。」攷「林四娘」事。疑指明齋起義。高氏權興文字之獄。特改作前代云云。

「衆人聽了。都又笑道。這原該如此。只是更可羨者。本朝皆係千古未有之曠典。可謂聖朝無闕事了。賈政點頭道。正是。此段處本無。

「話說間。寶玉賈環賈蘭俱起身來看了題目。處本「俱起」八字作「亦到」。處上回賈政命他們看了題目。他兩個雖則能詩。相去寶玉不遠。但一件。他二人終是別途。若論舉業一道。似高過寶玉。

若論雜學。則遠不及。況他二人才思滯鈍。不及寶玉空靈。每作詩亦如八股之法。未免拘板庸滯。寶玉雖不算是個讀書人。然他天性聰明。且素習好些雜書。他自謂古人中也有杜撰的。也有失誤的。拘較不得許多。若只管怕前怕後起來。堆砌成篇。也覺得甚沒趣味。因心裏懷著這念頭。每見一題。不拘難易。他便毫無費力之處。就如世上的油嘴滑舌之人。無風作有。信着伶口倒右。長篇大論。胡拔亂扯。謅出一篇話來。雖無稽。考却都說得四座春風。雖有正言厲語之人。亦不得歷倒這一種風流去的。近日賈政年邁。名利亦漸冷。然起初天性。也是個詩酒放誕之人。因在子姪輩中。少不得規以正路。因見寶玉雖不讀書。竟頗能解此。細評起來。也還不算十分玷辱祖宗。況母親溺愛。遂也不以舉業逼他了。所以近日是這等待。他又要環蘭二人舉

業之餘。怎樣也如寶玉纔好。所以每如作詩，必

將三人一齊喚來對作。閑言少敘。且說屬下句

宜刪節存之。

「此日青州土尚書」。戚本「尚」作「亦」。宜從。

「好題忠義墓」。戚本「好」作「詩」。宜從。

「到底大幾歲年紀」……三爺才多大，大多幾歲是」俱在未冠之時。

年寶玉十六歲。探春十五歲。賈蘭年十三。賈環無

「大幾歲」之理。殘鈔本「到底」句。作「到底大一歲」「三爺」

二句。作「三爺和小哥兒」皆在幼年。宜從。

「遂自提筆向紙上要寫。又向寶玉笑道。如此甚好。你念我寫。」戚本「遂自」三句作「自提筆向寶玉笑道」宜從。

「賈政寫了搖頭道。粗鄙。一幕友道。要這樣去。究竟不粗。且看他底下的。賈政道。姑存之。」戚本作「衆幕友道。起的就有力。賈政道。姑存之。且看他底下。」宜從。

「穠歌艷武不成歡」戚本「武」作「舞」宜從。

「又讀了一句」戚本「讀」作「承」宜從。

「叱咤時聞口舌香」戚本「時」作「聲」宜從。

「轉蕭韻更妙。這纔流利飄逸」戚本「更妙」八字作「瀟洒更流麗」宜從。

「這又是一段了」戚本作「又一首」宜從。

「好個用字」戚本「用」作「走」宜從。

「腥風吹折隴中麥」戚本「中」作「頭」。

「月冷黄昏鬼守尸」。底本「昏」作「沙」。宜從。

「穠桃豔李臨疆場」。底本「疆」作「戰」。

「勝負自難先預定」。底本「難先」作「然難」。

「柳折花殘血凝碧。馬踐胭脂血染紅（骨髓香）魂依城郭家鄉滿」。底本「血凝碧」作「實可傷」。「馬踐」的在「魂依」句下。「滿」作「近」。

「星馳時報入京師」。底本「時」作「電」。

「想畢。便欲行禮。忽又止住道。難如此。亦不可太草卒了。須得衣冠整齊。奠儀周備。方為誠敬。想了一想。古人云。潢汙行潦。蘋蘩蘊藻之賤。可以羞王公。薦鬼神。原不在物之貴賤。全在心之誠敬而已。然非自作一篇誄文。這一段悽慘酸楚。竟無處可以發洩了。」戚本「想畢」。上有「比俗人去靈前祭弔。又更覺別致。」「古人云」作「如今若學世俗之奠禮。斷然不可。也還別開生面。另立個排場。風流奇異。於世無涉。方不負我二人之為人。況且古人有云。「然」「非」三句。作「此」其一也。二則隸文轉詞。也須由出己見。自放手眼。亦不可踏襲前人食頭。填幾字塞耳目之文。亦必須灑淚泣血。一字一咽。一句一啼。痛使文不足慭有餘方是。不可尚文藻而反失悲切。況且古人多有微詞。非自我人合作備。無奈今之人。全切於功名二字。故尚古之風。一洗皆盡。恐不合時宜。於功名有礙之故也。我文不希罕那功名。我文不為世人觀閱摘譏。何必不遠師楚人之言。招魂離騷九轉枯樹閒觀秋水大人先生傳等法。或雜參單句。或偶成短聯。或用實典。或設譬喻。借其所之。信筆而去。喜則以文為戲。悲則以言誌痛。辭達意盡為止。何必若世俗之拘拘於繩尺之間哉。寶玉本是個不讀書之人。再心中有了這片真意。怎得有好詩好文作出來。他自己卻佳意纂著。並不為人知慕。所以大肆妄誕之意杜撰成一篇長文。宜刪節增入。

「目臨人世。迄今凡十有六載。」戚本「人世」作「濁世」。殘鈔本「六載」作「八載」。宜從。是年寶玉十六歲。襲人長寶玉二歲。晴雯與襲人同庚。確是「十八載」也。

「憶女兒曩生之昔。」戚本「昔」作「日」。宜從。

「其為體則冰雪不足喻其潔。」戚本「體」作「性」。宜從。

「姊娣悉慕媖嫻。嫗媼咸仰慧德。」戚本「娣」作「妹」。「媖嫺」作「幽閒」。「慧」作「惠」。

「茝蘭竟被芟鋤」。戚本「鋤」作「薙」。

「遂抱膏肓之疚」。戚本「疚」作「疢」。

「蔓延窗戶」。「既懷幽沉於不盡」。戚本「窗戶」作「戶牖」。

句下有「豈招尤則替。胥攘詬而終」。「懷」作「忳」。宜從。

「巾幗慘於雁塞」。戚本「雁塞」作「羽野」。

「鏡分鸞影」。戚本「影」作「別」。宜從。

「拾翠盒於塵埃」。戚本「拾」作「鬆」。

「況乃金天屬節。白帝司時。」戚本「屬」作「屆」。「時」作「權」。宜從。

「蟠喘共細腰俱絕。」戚本「腰俱絕」作「言皆息」。

「露階晚砌。」戚本「階」作「苔」。宜從。

「蘭芳枉待。」戚本作「蘭芽枉茁」。宜從。

「銀箋綵袖誰裁。」戚本「袖」作「縷」。宜從。以細縷裁箋。非貴家不知。

「復拄杖而遣拋孤柩。」戚本「拄」作「泣」。「遣」作「遽」。

「及聞慧棺被焚」戚本「慧」作「槥」。

「開露壙以暗擴」。戚本「露」作「霧」。

「豈道紅綃帳裏公子情深。始信黃上隴中女兒命薄」戚本「豈道」作「自分」。「情深」作「多情」。「隴」作「壠」。「命薄」作「薄命」。

「梓澤餘衷」。戚本「衷」作「哀」。宜從。

「豈神靈之有妒」。戚本「之有妒」作「而亦妒」。宜從。

「鉗詖奴之口」。戚本「鉗」作「箝」。

「而玉之鄙意尤深」戚本作「然玉之鄙意豈終」宜從。

「事雖殊」戚本「雖」下有「相」字宜從。

「惡乃濫乎」戚本句下有「其信」二字。

「可謂至治至協」戚本「治」作「確」宜從。

「驅豐隆以爲庇從兮」戚本「以」作「而」宜從。

「聽車軌而伊軋兮」戚本「軌」作「軸」宜從。

「聞馥郁而飄然兮紉杜蘅以爲佩耶。眩裙裾之煠煠兮。」戚本「颸」作「藹」。「佩」作「纕」。「煠煠」作「爍爍」。

「文瓟瓟以為觶斝兮。」「灑醽醁以浮桂醑耶。」戚本「瓟瓟」作「爮瓟」。「灑」作「漉」。

「瞻雲氣而凝盻兮。仿彿有所覘耶。」戚本「盻」作「睇」。「覘」作「觀」。

「俯波痕而屬耳兮。」戚本「波痕」作「窈窕」。

「期汗漫而無際兮。捐棄予於塵埃耶。」戚本「無際」作「為天閡」。「捐」上有「忍」字。

倩風廉之為余驅車兮。底本「風」作「飛」，宜從。

列蒼蒲而森行伍。底本「蒼」作「鎗」，宜從。

「釋蓮心之味苦。」底本「味苦」作「苦味」。

「搴黃髯欤。」底本「搴」作「寒」，「寒」宜從。

「發輞乎霞城地。」底本近旋乎元圃，底本作「發軔乎霞城」。

返旌乎玄圃。」

「既顯微而若遁。」底本「遁」作「遁」，宜從。

「鳥驚散而飛。魚唼喋以響。」底本「鳥啁啾而群下」

魚唼喋以宣耶。宜從。

第七十九回「什麼紅綃帳裏，公子情深；黃土隴中，女兒命薄。」戚本「情深」作「多情」，「隴」作「壠」，「命薄」作「薄命」。宜從。

「只是我們愚人想不出來罷了。」戚本「來」作「說不出」。宜從，與上文相呼應。

「你二姐姐已有人家求準了。所以叫你們過去了」。戚本「準了」下有「想是明兒那人家來拜允」去」作去處、直從。

再看那岸上芩花芹葉。戚本白下有池内翠荷香菱、宜增。

芩花菱葉不勝悲。戚本悲作愁、

只聽見嚷鬧了這半年。今兒有說張家的明兒又說李家的。二、二、因你哥哥上次出門時順路到了個親戚家去、薛蟠辛亥年月出門。壬子八月回家。此時是癸丑八月。就在出門路上定親。

近半年」決無再說別家之「理」殘鈔本「還閙了這半年」作「少還了這幾年」。「上次」作「上年」。宜從。

「合京城裏。：：凡這長安那城裏城外桂花局」。戚本「京」作「長安」。「凡這」作「凡這長安城中桂花局」。宜從。

「如今大爺也沒了」。戚本「大」作「太」。宜從。

「竟比見了兒子的還勝」。戚本「勝」作「親熱」。宜從。

「今日忽然提起這些事來」。戚本「來」作「是什麼意思」宜從。

寶玉一夜不曾安歇。種種不寧」戚本「安歇」作「安穩」。「十夜」則下有」

句下有「睡夢之中。猶喚晴雯。或魘魔驚怖」宜增。

香菱」自為寶玉有意唐突。從此」倒要遠避他些才

好」戚本「唐突」下有「他」字。句下有「總不得我們寶

姑娘不敢親近他。可見我不如寶姑娘遠矣。總

不得林姑娘時常合他角口。氣的痛哭。自然唐突

他也是有的了。」宜增。

「因此未免釀成個盜賊的性情。」戚本「未免」下有嬌養太過。「性情」作「性氣」，宜從。

「若不趁熱竈一氣炮製。」戚本句下有「熟爛」。宜增。

「又見有香菱這等一個才貌俱全的愛妾，越發添了宋太祖滅南唐之意。」戚本「愛妾」下有「臥榻之側。豈容他人酣睡。」宜增。

薛蟠「賭氣自行了。」戚本作「賭氣走出去了。」宜從。

「人家鳳凰似的。」戚本「鳳凰」下有「蛋」字。宜增。

金桂「不理薛蟠。薛蟠沒了主意。惟有自嘆而已。好容易十天半月之後。才漸漸的哄轉過金桂的心來。」戚本「不理」上有「總」字。「惟有」句作「惟自然恨」的「心」。無宜從。

第八十回，「表香菱屈受貪夫棒王道士胡謅妬婦方。」殘鈔本「表」作「甄」。「道士」作「一貼」。宜從。

「話說金桂聽了。將脖項一扭。嘴唇一撇。」戚本「話說」下。有「香菱言還未盡。」「聽了。」無。「撇」作「喬」。宜從。

寶蟾說。「你可要死。你怎麼叫起姑娘的名字來。」戚本「你可」作「要死」。「麼」作「直」。「來」下有「了」字。宜從。金桂冷笑道。「你雖說得是。只怕姑娘多心。」戚本「你雖」作「我雖」。「多心」下。有「說我起的名字反不如他的意。他能來了幾日。就剝我的面子。」宜從。「當日買了我時。」戚本作「當日我來的時候」宜從。薛蟠「拉著金桂笑道。好姐姐。」殘鈔本「姐姐」作「妹妹」宜從。

薛蟠次日也不出門。只在家中廝鬧。戚本「廝鬧」作「廝耐」。極是。

金桂說小捨兒。「你去告訴秋菱到我房裏將我的絹子取來。不必說我說的。」小捨兒聽了一逕去尋秋菱說。「奶奶的絹子忘記在房裏了。」戚本「房裏」均作「屋裏」。「絹子」均作「手帕」。殘鈔本前「秋菱」從同。後「秋菱」作「香菱」。另有小注云。「凡『金桂』『寶蟾』口中或他人對二人言。均直作秋菱。」「凡」大背二人言。及作者敘述。均仍作「香菱。」極是。頗具史法。此」處前為「金桂之言。」後為作者敘述。後做此。

「自方竭力挽回。」戚本「挽回」下。有「不暇。」宜增。

「這會秋菱撞來。拔雖不十分在意。」殘鈔本作「這會香菱撞來。他（薛蟠）雖也有些慚愧。還不十分在意。」宜從。

「今既遇了秋菱。」殘鈔本作「今既被香菱撞見了。」宜從。

「便恨無地可入。比堆間薛蟠。一逕跑了。」戚本「無地」下有「縫兒」，「跑了」下有「出來」。直從。

「薛蟠好容易哄得上手。卻被香菱打散。不免一腔的興頭變做了一腔的惡意。」戚本「哄得」作「圖哄的要」。「打散」作「衝散」。「惡意」作「惡怒」。直從。

「洗澡時不防水界熱些。」「把赤條精光。」「殘鈔本「洗澡」作「洗腳」。「他赤」句。。無寅從此時約在冬天。決無在家「洗澡」之事。

「命秋菱過來。陪自己安睡」。戚本「秋菱」作「香菱」。「安睡」作「先睡」。「極是。讓寶蟾也」

「於是衆人當作新聞」。戚本「薛蟠更然更亂起來」。戚本「衆人」下有「反亂起來」。「更」下有「反」字。宜從。

薛姨媽說。「這了頭服侍這幾年那一點不小心」。戚本「服侍」下有「了你」。「那一點」作「那一點兒不周到不盡心」。宜從。

「拘也比你體面些」。戚本「拘」上有「豎」字。宜增。

「滿屋裏大呼小叫」戚本「屋」作「嘴」。

金桂說。「三求四告的跑了我們家做什麼去了。」

戚本「去了」下。有「這會子人也來了。金的銀的也賠了。略有個鼻（眼）睛鼻子的也霸佔去了。該擠發我們」宜增。

「皆因血分中有病。……竟釀成乾血之證」殘鈔本作「皆因身體素來怯弱。血分有病。竟釀成乾血癆的病證。」宜從。

「那時金桂又吵鬧了數次。薛蟠雖時仗著酒膽挺撞過兩次」。底本「數次」下有「氣得薛姨媽母女惟有暗中垂淚怨命而已」。(殘鈔本無「母女」、可刪)「有時」作「雖曾」。「兩次」作「三兩次」。宜從。「如今已成習慣自然反使金桂越長威風」。底本作「如此習慣成自然。金桂越發長了威風。薛蟠越發軟了氣骨」。宜從。「又漸次辱嗔寶蟾」。殘鈔本「金桂因香菱不到前頭來尋不住人殺性子。寶在悶的受不得。沒奈何又找到寶蟾了。」宜從「他便不肯低服半點」戚本「半點」作「容讓一半點兒」宜從。

「惟排個觀望。」戚本「觀望」下有「二者之間」宜增。

「薛家母女總不去理他。惟暗地裏落淚。薛蟠亦無別法。惟悔恨。不該娶這攪家精。都是一時沒了主意。」戚本「惟暗」句。「無悔恨」上有「日夜」「攪家精」作「敗家星」。戚本有。宜從殘鈔本「都是」句。在「不該」句上。「一時」作「自己」亦宜從。寶玉「喜的一夜不曾合眼」戚本句下有「待明不明的」可增。「隨了兩三個老嬤嬤。坐車出西城門外。」寶玉出門。向例騎馬。攜帶僮僕。今年已十七。反「坐車跟隨老嬤」。殊不合理。且王一貼房中「藥」語。更不應在「老嬤」前。已說。殘鈔本作「便隨了李貴培茗等並幾個管家騎馬出西城門外」。宜從。

「寶玉」（天性）懦。不敢近顯赫神鬼之像。是以怯怯的「焚過紙馬錢糧」戚本「天性怯懦」作「天生怯性」。「顯赫」作「猙獰」。之「像」下。有「這天齊廟。本係前代所修。極其宏壯。如今年深日久。又極其荒涼。泥胎塑像。皆極其兇惡。」「焚過」作「供過」。「宜從」。「衆嬤嬤和李貴等。」衛圍隨寶玉到各處頑耍了一回。」「衆嬤嬤生恐他睡著了。」殘鈔本「嬤嬤」均作「管家」。宜從。

「寶玉正歪在牀（炕）上想睡。看見王一貼進來。笑道。來得好。」戚本「想睡」下有「李貴等著」。「正說」哥兒」殘鈔本「哥兒」作「二爺」，下同。宜從。「別睡著了。廝混著」「看」字。無。

「笑道來得好」作「都笑道。來的好。來的好」宜從。

「說一個與我們大家聽聽。」殘鈔本「大家」作「二爺」。宜從。

「去死生新。」戚本作「去死肌。生新肉」宜從。

「只怕膏藥有些不美了。」戚本「美」作「靈」。宜從。

「寶玉命他坐在身邊王一貼心動。便笑著悄悄的說道。我可猜著了。想是二爺如今有了房中的事情要滋助的藥可是不是。話未說完培茗先喝道。該死。打嘴。……培茗道。信他胡謅。」殘鈔本「心動」作「心裏一動」。「便笑」句。作「便笑嘻嘻的悄悄說道」。「二爺」下有「大了」。「中的」至「不是」無。「培茗道」作「李貴忙喝了王一貼一眼道」。宜從。

都是順肺開胃。不傷人的。殘本「順」作「潤」宜從。

寶玉焙茗都大笑不止。罵他嚌的舌頭。」殘鈔本「焙茗」作「和焙茗齊」。「罵他」句作「罵他嚌舌的牛頭」宜從。

「我有真藥我還吃了做神仙去有真的跑到這裏來混」。殘鈔本「我還」二句作「我早吃了做神仙去了。還跑到這裏來混呢」。宜從。

「使罵我是醋汁子老婆養出的」。殘鈔本「養出」作「攛出」。宜從。

「想當日你叔叔也曾勸過大老爺」殘鈔本「想當日」作「做親的時候。老太太和」宜從。

「過了幾年淨心的日子」戚本「淨心」作「清靜」宜從。

「迎春是夕仍在舊館安歇」殘鈔本「舊館」作「綴錦樓」宜從。

紅樓年表

盱眙吳克岐軒丞述

大某山民評紅樓夢。以元妃卒年甲寅為根據。定黛玉進榮府為入書第一年乙酉。其前則置之不論。既殘闕之不完。且牴牾之疊見。讀者病之。余以第六回襲人比寶玉大兩歲。第六十三回香菱與襲人同年。而第一回英蓮三歲。確是寶玉降生之年。乃由是入和耶徐本、戚本、殘鈔本、午厂本、細加探索。如破竹然。迎刃而解。首尾銜接無矛盾。不覺狂笑爰吮筆記之。以就正於研究紅學者。以匡其不逮焉。

戊戌夏四月。甄士隱夢識通靈寶玉於太虛幻境。以下一回

僧道請甄士隱捨其女英蓮。

賈雨村遇嬌杏。

十五日。通灵宝玉降生于金陵贾氏。名曰宝玉。宝玉生日。据六十二回残钞本与列焉日。夫夫语合。

秋八月十五日。贾雨村作诗怀娇杏。甄士隐邀雨村夜饮赏月。以银衣赠之。促其入都应试。明日遂行。

乙亥春正月十五日。英莲以观灯失踪。

二月十二日。绛珠仙草降生于姑苏林氏。名曰黛玉。

黛玉生日。據六十二回。比寶玉小一歲。據三

回。

三月十五日。葫蘆廟火。甄士隱之居亦燬。乃鄉

居。

夏四月十五日。寶玉週歲。設晬盤。取脂粉釵環等物。賈政不悅。見二回

庚子。甄士隱以歉荒多盜。鄉居不可。遂盡貨其

田地。依其妻父封肅。

辛丑。甄士隱隨跛道出家。

癩僧化黛玉出家。林如海不許。見三回

賈雨村選授姑蘇知縣。索甄士隱婢嬌杏為妻為妻。

尋以貪罷。以下二回

壬寅。賈雨村設帳於金陵甄府。

癸卯。揚州鹽政林如海延請賈雨村授其女黛

玉讀。

甲辰。林如海夫人賈敏卒。

據殘鈔本六十四回。賈敏之卒。當在夏秋之

間。

冬。史太君遣人至揚州接黛玉。

賈雨村遇冷子興於酒肆。談賈府近況。

乙巳。春正月初六日。黛玉啟程入都。賈雨村偕

行。以下三回

黛玉至榮府。見寶玉如舊相識。寶玉以顰顰字

之。

史太君安置寶玉黛玉於碧紗櫥。遣紫鵑伺

黛玉：

黛玉以寶玉摔玉泣。

此爲還淚之始。故書之。後不備書。

賈政爲賈雨村謀復職。

丙午。

丁未。冬十二月。史太君遣晴雯伺寶玉。

據殘鈔本三回末段「歷過幾個寒暑」語。定丙午丁未兩年無事。晴雯事據「芙蓉誄」五年八月有奇語。戊申。馮淵將以禮聘英蓮爲妾。薛蟠毆馮淵死。奪英蓮歸。其妹寶釵以香菱名之。以下四回寶釵隨母兄入都待選。王子騰以陞九省統制奉命出都查邊。賈雨村陞授金陵應天府。門子以獲官符進。雨村乃假孔語判結薛馮爭買英蓮案。以書報賈政及王子騰。尋以事遣門子。

寶釵至榮府。假（年廿六）梨香院居之。

冬。會芳園梅開。尤氏設宴請史太君等賞梅。以下

五回

秦可卿伺寶玉午睡於房。

寶玉夢遊太虛幻境。警幻仙姑以甯榮二公之

囑。導觀金陵十二釵册。飲以千紅一窟。萬艷同

杯。醴。以紅樓夢曲。配以兼美。不悟。卒墮迷津。乃

寤。

花襲人誘寶玉押。以下六回

劉老老為王狗兒進榮府謁王夫人。王熙鳳贈以金。

賈蓉來借玻璃炕屏熙鳳笑而許之。

寶釵有小疾。服冷香丸。以下七回

周瑞家以劉老老事覆王夫人。薛姨媽命其代

送宮花與熙鳳黛玉迎春等。

賈璉與熙鳳白晝宣淫。

寶玉遣茜雪往問寶釵疾。

智能隨其師淨虛來。

冷子興有罪將遞解回籍。周瑞家求熙鳳為免之。

熙鳳攜寶玉赴甯府家宴。

寶玉會秦鍾。

焦大以醉怠罵賈珍等。

晨起書絳芸軒額。令晴雯黏於門。午後觀之。

寶玉往視寶釵病。寶釵索觀其玉。鶯兒謂玉文與鎖文可作對。寶玉乃亦索寶釵之金鎖觀之。

黛玉踏雪繼至。薛姨媽為設茶菓。又以酒〻寶玉。李奶奶阻之。寶玉不悦。以下八回寶釵戒寶玉勿飲冷酒。寶玉是之。黛玉乃假雪雁送爐。斥寶玉。

寶玉書絳芸軒額。晴雯為貼於門斗。

李奶奶既取寶玉之豆腐皮包。又飲其楓露茶。

寶玉怒。欲逐之。未可。乃逐茜雪。李亦告退。

秦鍾來謁史太君。

殁大某山民以黛玉第三回

初事。戚本作正月初〻。

第　叁

四回寶釵入榮府。至第八回寶玉在薛家飲酒遇雪。為乙酉冬間事。於寶玉與黛從小同臥起及寶釵是繞來語。瓶觸過甚。雖有張儀之舌。亦無法解釋蓋無論如何。黛釵入榮府。决不能作一年事也。故此表依殘鈔本定黛玉入榮府為乙巳寶釵年事。丙午丁未兩年無事。寶釵入榮府等事為戊申年。其仍相差一年者。則以七十回至九十五回。大某又誤兩年為一年也。說見後。
己酉春正月。秦業率子鍾以贄謁賈代儒。
寶玉以入塾謁賈政。政羞之。且嚴斥李貴等。寶
玉遂與秦鍾同入家塾。未幾約為兄弟。以下九
薛蟠也入塾讀書。
秋八月二十日可卿有病勢日增。
據十一回。中秋好好的。到了二十日後。一日
比一日瞧著語。
林如海病重。遣人來接黛玉。

緣十二回殘鈔本。這年八月底。林如海身染重疾語。

九月初三日。已斷。林如海卒於揚州。

緣十四回昭兒語。

十二日。秦鍾與香憐玉愛好。金榮嫉之。以語侮鍾。賈薔唆茗烟等與榮鬧於塾。李貴斥賈瑞使榮向鍾賠罪。見九回。榮歸。懇諸母。母以得薛蟠助金。今辱之。以下十四回十三日賈璜妻（金榮之姑）来甯府。將以金榮事詰可卿。聞可卿病。默而歸。

是日為閙書房次日。賈珍（有）後日（太爺）生日。明日張友士來（等語）。賈敬生日是十五。則閙書房（房）是十二。賈璜妻来是十三。張友士来是十四。

十四日。馮紫英薦張友士。来為可卿治病。

十五日。賈敬生長命。以陰隲文萬部贈人。（以下十一回）

（戚本如今經九月半等語）

據殘鈔本萬張作萬部。

甯府大殺壽筵賞菊。以下十七回

熙鳳與寶玉視可卿疾。寶玉泣。

賈瑞遇熙鳳於會芳園。心動。以游語挑之。熙鳳亦戲以游語報。

賈璉送黛玉返揚州。以見下十二回

冬十一月三十日。冬至。史太君王夫人王熙鳳遣人視可卿疾。

十二月初二日。王熙鳳往視可卿疾。以上十一回

賈晚

瑞來見熙鳳。不去。熙鳳紿之。晚。遂凍賈瑞於西穿堂。以下十二回

初五日。晚。熙鳳使賈蓉賈薔處置賈瑞。以上十二回

夜。秦可卿死。賈珍哭之慟。寶玉亦嘔血。以下十三回

薛蟠以檣木棺贈可卿。

瑞珠觸可卿死。寶珠願為寄女。賈珍嘉之。

賈珍哀毀甚。杖而行。以尤氏病。請熙鳳協理喪務。

昭兄返自揚(蘇)州〇賈璉命取大毛衣服〇原十四回殘鈔本十三回

初八日〇內監戴權來弔〇賈珍爲賈蓉捐龍禁尉〇原十三回殘鈔本十四回

熙鳳杖甯府家奴〇以下十四回

庚戌春正月〇初九日〇熙鳳哭可卿〇

賈珍移可卿柩於鐵檻寺〇王公侯伯諸勳戚均送殯〇東平王等四王設路祭〇寶玉謁北靜王於

路○以上十四回王以鶺鴒香念珠贈之○以下十五回

二丫頭為寶玉試紡車寶玉愧之○

熙鳳假饅頭庵料理安靈事○

淨虛以張金哥事求熙鳳熙鳳為致書於長安

節度使雲光○

秦鍾與智能狎○

寶珠願留鐵檻寺守靈賈珍允之○

秦鍾病○以下十六回

張金哥及其未婚夫均自縊〔殺〕。

三月初一日。賈政生辰。設家宴慶賀。元春晉封鳳藻宮尚書。加封賢德妃。

據殘鈔本本回賈璉出了三月方能回家語。定為三月。

智能私來視秦鍾。疾秦業怒。逐之。且杖鍾。業旋死。

薛蟠〔設宴〕以香菱為妾。

賈璉伴黛玉返自蘇州。

賈雨村來京候補京職。

寶玉以鶺鴒香串贈黛玉。黛玉却之。

太上皇皇太后准妃嬪等返邦省親。

賈政命賈珍監造省親別墅。請山子野監修。

賈珍命賈薔赴蘇採辦女伶。熙鳳派趙天樑趙天棟佐之。

賈薔監造金銀器皿。

派林之聘買小尼姑小道姑。見十七回

冬十月初一日。秦鍾死。

據四十七回十月初一日上墳語定爲忌辰。

省親別院成。賈珍請賈政往視。命寶玉擬額聯。

以下十七回

黛玉誤剪其香袋。寶玉解之。

寶釵秦外兄移居東北靜室。命賈薔管理女伶居梨香院以居女伶。

王夫人禮請妙玉。

賈瑞向王夫人乞人參。熙鳳以鬚末與之。

說十二回「相思園之設」是乙酉十二月。「不上
一年」病重先死。參則是庚戌十二月以前。又姑蘇臈臘」
盡春回「諸回是辛亥初春矣。
賈政奏請元春返歸邸。十八回
辛亥春正月。初八日熙鳳之女患痘。
據殘鈔本二十一回。下回。據「過了十二日」請定為初
八日。賈璉與多姑娘狎。
賈瑞死。

據十二月同臘盡春回語○說見前○
十五日○戊初○元春省親▲啟鑾歸邸○以下十八回
御正殿即顧恩思義受禮畢○諸史太君正室省親○召
見薛王氏寶釵黛玉等○再御正殿開筵○
賜園名大觀○及瀟湘館蘅蕪院怡紅院稻香村
蓼風軒藕香榭紫菱洲等名○
命寶玉作瀟湘館蘅蕪院怡紅院稻香村詩各
一首○
寶釵黛玉李紈迎春探春惜春亦另詠他

處各一首。

賈政進歸省頌。

齡官等演劇。賞齡官宮紬荷包食物。

詣攏翠菴禮佛。賞妙玉藏香念珠。

此據戊鈔本。

賜史太君等禮物。並賞甯榮兩府內外人等銀錢有差。

十六日丑正。元春啟鑾回宮。

帝賜賈政等內帑彩緞金銀等物有差。以下十九回

元春賜寶玉酥酪

寶玉赴甯府觀劇

茗烟狎卍兒

李乳母食酥酪

襲人返家吃年茶其母兄議贖襲人襲人哭拒之寶玉親詣其家晚襲人返偽以贖身要寶玉

十七日黛玉午睡寶玉說耗子精以摟之

襲人有疾

李乳母詈襲人且怨寶玉熙鳳姐以酒解之

以下

二十回

寶玉爲麝月篦頭。

十八日。賈環與鶯兒趕圍棋。負而哭。寶玉勸之去。趙姨罵環。鳳斥趙姨。以千錢給環。

史湘雲至。寶玉偕寶釵來會。

黛玉嫉寶釵。與寶玉失和。旋如初。

湘雲口吃。黛玉嘲之。

晚湘雲與黛玉同宿。以下二十一回